KB274973

의롭게 사는 작은 지혜

의롭게 사는 작은 지혜

의롭게 사는 작은 지혜

인쇄일 · 2000년 1월 10일
발행일 · 2000년 1월 15일

엮어 지은이 · 김 철
펴낸이 · 임종대
펴낸곳 · 미래문화사
등록 번호 · 제3-44호
등록 일자 · 1976년 10월 19일
주소 · 서울시 용산구 효창동 5-421
전화 · 715-4507, 713-6647
팩스 · 713-4805

의롭게 사는 작은 지혜

김 철 엮어 지음

미래문화사

들어가는 글

쾌청한 날 소나기를 예상하지 못한 것은 누구에게나 있을 수 있는 일이다. '천리 길을 가는 사람은 석 달 동안 양식을 모은다'는 말처럼 험난한 인생을 살아가는 데는 많은 준비가 필요하다.

인생을 바르게 살려고 하면 더욱더 많은 준비와 지혜가 필요하다. 산다는 것은 복된 일이다. 활기차고 바르게 사는 것은 더욱더 행복한 삶이다.

의롭게 사는 것은 좋고 바르며 옳은 일이다. 미국의 정치가 웹스터 다니엘은 '정의는 지상 인간의 가장 큰 이권'이라고 했다.

정의를 아끼면 불법이 자란다.

《논어》〈헌문편〉에 '이득을 보면 도의를 생각하고 위태로움을 보면 생명을 바칠 줄 알고, 오랜 약속일지라도 전날의 자기의 말을 잊지 않고 실천한다면 역시 인간 완성이라고 할 수 있다'는 말이 있으며, 《논어》〈양화편〉에는 '군자는 정의를 가장 으뜸으로 여긴다. 군자로서 용맹하기만 하고 정의감이 없으면 난을 일으키게 되고, 소인으로서 용맹하기만 하고 정의감이 없으면 도둑질을 하게 된다' 고 하였다.

지혜 없는 정의란 있을 수 없다.

지혜가 뛰어난 사람은 남의 의중을 헤아리지만 자기 의중을 남에게 알리지 않는다. 지혜가 많으면 괴로움도 많고, 아는 것이 많으면 걱정도 많아진다.

참다운 지혜는 항상 사람을 침착하게 하며 균형을 잃지 않고 사물을 관찰하게 한다. 지혜는 생동하는 반응이다.

중국 전국시대 철학자 묵자는 '다섯 개의 송곳이 있는데 이 가운데 가장 뾰족한 것이 반드시 먼저 무뎌질 것이며, 다섯 개의 칼이 있는데 이들 중 가장 날카로운 것이 반드시 먼저 닳아 없어질 것이다. 같은 이치로 맛있는 우물이 먼저 마르고, 쭉 뻗은 나무가 먼저 잘리며, 신령스러운 거북이 먼저 불에 지져지고, 신령스런 뱀이 먼저 햇빛에 말려진다. 그러므로 비간이 죽임을 당한 것은 그가 강직했기 때문이며, 맹분이 죽임을 당한 것은 그가 용감했기 때문이며, 서시가 물에 빠져 죽은 것은 그녀가 아름

답기 때문이며, 오기가 몸이 찢겨져 죽은 것은 그가 개혁
적인 변법을 실행했기 때문이다. 이 사람들은 자신들의
장점 때문에 죽은 사람들이다. 그러므로 너무 튀어나온
것은 지키기 어렵다고 하는 것이다' 라고 했다.

이 말의 의미는 유능·유용하다는 것이 일신의 재난이
되는 수도 있다는 뜻이다. 속된 말로 모난 돌이 정을 맞
는다는 이야기다.

지혜는 최선의 방법으로 최선의 결과를 추구함을 뜻한
다. 어리석은 짓을 삼가는 것이 지혜의 입문이며, 무모한
일을 하지 않는 것이 지혜의 특징이다.

공자는 '슬기로운 사람은 물을 좋아하고 어진 사람은
산을 좋아한다. 슬기로운 사람은 움직이고 어진 사람은
고요하다. 슬기로운 사람은 즐거이 살고 어진 사람은 오
래 산다' 고 했다. 어질고 슬기로운 사람이 되는 것은 수
많은 사람들의 오랜 숙원이었다.

이 책은 현인(賢人)들의 좋은 말씀들을 색깔 있는 주제
별로 새롭게 엮어 본 것이다. 참으로 자기의 뜻을 이루는

사람은 꾸밈이 없이 수수하고 정직하며, 정의를 지키고, 남의 말이나 표정 또는 감정을 깊이 살피어 사려 깊고 신중한 태도로 남을 겸손하게 대하는 법이다.

여러 모로 도움을 준 조사부원들의 헌신적인 노력에 감사드리며 '쭈그렁 소나무가 선산을 지킨다' 는 마음가짐으로 고향과 나라와 세계 앞에 부끄럽지 않은 삶을 살고자 한다.

1999년 11월 8일
용산서당에서

尚義齋

목차

동해 의상대에서 바라본 일출 광경.

선으로써 남을 길러준 후라야
천하를 복종시킬 수 있다.
온 천하가 마음으로부터 복종하지 않으면
왕 노릇 하기 어렵다.

1

　'정의를 보고도 나서서 행하지 않음은 용기가 없는 것이다.'《논어》〈위정편〉에 나오는 말이다.

　정의의 실천, 바로 그것이 참다운 용기라는 뜻이다. 정의는 진실의 실현이며 사회의 질서다. 의(義)는 바르고 옳고 좋다는 뜻이다.

　진정한 용기는 만용과는 다르다. 무턱대고 나서서 주먹을 휘두르고, 악덕한 짓을 겁없이 저지르는 것은 만용일 뿐이다.

　'정의의 싸움에는 소(小)가 곧잘 대(大)를 이긴다' 는 영국 격언이 있다. 용기는 사람을 번영으로 이끈다.

　정의가 지배하는 곳에서는 무기의 필요성을 느끼지 않는다. 정의가 갖다주는 최대의 열매는 마음의 평정이다. 군주가 정의롭다는 것은 백성에겐 풍작보다도 중요하다.

2
.

옛 것을 익히고 배우는 데 대한 관심은 늘 인간적인 것과 관계되며 또 그것은 삶의 질서에 도움을 준다.

사람은 매일 무언가 새로운 것을 배운다.

프랜시스 베이컨(1561~1626)은 '역사는 인간을 현명하게 하고, 시는 재주 많은 사람으로 만들어 주고, 수학은 예민하게 하고, 자연철학은 심원하게 하고, 윤리학은 중후하게 하고, 논리학과 수사학은 논쟁에 뛰어나게 한다'고 말했다.

학문은 많이 하는 데 있지 않고, 요컨대 근본에 정통하는 데 있다.

《예기》에 '옥은 닦지 않으면 그릇을 이룰 수 없고, 사람은 배우지 않으면 도(道)를 모른다'고 했으며, 《탈무드》에는 '배우고 잊어버리는 사람은 임신하고 유산하는 여자와 같다'고 표현돼 있다.

대인(大人)의 배움은 도를 위한 것이고, 소인(小人)의 배움은 이로움을 위한 것이다.

배우는 데 시간이 없다고 하는 자는 시간이 있더라도

또한 배울 수 없다.

　배워 알기를 사랑해야 한다. 억지로 배우는 것이 아니
라, 배우는 것에 애착심을 가져야 한다. 그러나 그것보다
더 높은 단계는 배우고 깨치는 것에 무한한 즐거움을 느
끼는 것이다. 깨치어 가는 진리에 즐거움을 발견할 수 있
다면 진정 인생에 통달한 사람이다.

3

운명은 그 사람의 성격에서 만들어진다. 또 성격은 그 사람의 일상생활의 습관에서 만들어진다. 그렇기 때문에 오늘 하루 좋은 행동의 씨를 거두어들이도록 하지 않으면 안된다. 좋은 습관으로 성격을 다스린다면 운명은 그때부터 새로운 문을 열 것이다.

도산 안창호(1878~1938) 선생은 '성격이 모두 나와 같아지기를 바라지 말라. 매끈한 돌이나 거친 돌이나 다 제각기 쓸모가 있는 법이다. 남의 성격이 내 성격과 같아지기를 바라는 것은 어리석은 생각' 이라고 지적했다.

우리의 성격은 우리 행위의 결과다.

그리스의 철학자 헤라클레이토스(BC 535~475)는 '성격은 사람을 안내하는 운명의 지배자' 라고 했다.

4

일본의 종교가 우치무라 간조(內村鑑三:1861~1930)는 '하루는 일생이다. 선한 일생이 있음과 같이 선한 하루가 있다. 악한 일생이 있음과 같이 악한 하루가 있다. 하루를 짧은 인생으로 보아 이것을 소홀히 할 수 없음을 알게 된다'고 하였다.

한국 속담에 '하루 신수가 편하려면 술을 들지 말고, 평생 신수가 편하려면 두 집을 거느리지 말며, 하루를 잘 살려면 장사를 잘해야 하고, 일년을 잘살려면 농사를 잘해야 하고, 평생을 잘살려면 아내를 잘 얻어야 한다'는 말이 있다.

하루도 자그마한 일평생이다. 날마다 잠에서 깨어 일어남이 그날의 탄생이요, 신선한 아침마다 짧은 청년기를 거쳐 자리에 누우면 그날은 죽어버린다.

하루를 살아도 천년 살 마음으로 살아야 한다.

5

《맹자(孟子)》〈이루편〉에 '한갓 선하다는 것만으로 정치를 하기에는 실패하고 한갓 법도만으로는 그것이 제대로 행하여지지 못한다.

아직까지 선(善)으로써 남을 굴복시킨 사람은 없다. 선으로써 남을 길러준 후라야 천하를 복종시킬 수 있다. 온 천하가 마음으로부터 복종하지 않으면 왕 노릇 하기가 어렵다. 그 몸이 올발라야 천하가 복종해 온다'는 말이 있다.

이는 스스로 선을 실현하여 남이 선을 지향하도록 길러줄 수 있어야 비로소 천하에 왕 노릇을 할 수 있게 된다는 뜻이다.

6

최고의 선은 쾌락이며 최대의 악은 고통이다.

《탈무드》에 '선인이란 자기의 죄과를 기억하고, 자기의 착한 일, 착한 행위를 망각하는 사람을 말하고, 악인이란 이와는 반대로 자기의 착한 일, 착한 행위를 기억하고 죄과를 망각하는 사람을 가리킨다' 는 재미있는 말이 있다.

선을 보면 목마른 것과 같이 하고 악을 보면 귀먹은 것과 같이 해야 한다.

《명심보감》〈계선편〉에 '한평생 착한 일을 하여도 그 착함은 오히려 모자라고, 하루 악한 일을 할지라도 그 악함은 스스로 많다' 는 표현이 있다. 선행을 기억해 두는 가장 좋은 방법은 새로운 선행으로 선행을 새롭게 하는 일이다.

장자(莊子:BC 365~290)는 '나에게 착하게 하는 이라도 나 또한 착하게 대하고 나에게 악하게 하는 이라도 나 또한 착하게 대하라. 내가 이미 남에게 악하게 아니하였으면 남도 나에게 악하게 하는 일이 없을 것' 이라고 가르쳤다. 선인(善人)은 타인도 착하게 만든다.

7
·

　예술이란 인간이 일으킨 최상 최선의 감정을 그 목적을 위하여 타인에게 전달하는 인간 활동이다.

　모든 진정한 예술은 내면의 마음을 표현하는 것이어야 한다. 훌륭한 예술작품은 그것이 우리들의 눈에 어떻게 비치는가 하는 것이 아니고 우리에게 무엇을 일러주는가 하는 것이다.

　영국의 은행가 존 러벅(1834~1913)은 '태양이 꽃을 물들이듯 예술은 인생을 물들인다'고 했다.

　예술의 최고 목표는 인간의 모든 형태를 표현하는 일이다. 관능적으로 의미심장하게, 그리고 가능한 한 아름답게 하는 것이다.

　예술이란 인간 속에서 재창조된 전 우주(宇宙)다.

　자연은 신(神)의 계시요, 예술은 인간의 계시다. 우연하게 이루어진 것은 예술이 아니다. 인생은 짧고 예술은 길다.

8

화를 잘 내면 말썽이 생기고 골을 잘 내면 실수가 많아
진다. 성서에도 '함부로 화를 내지 않는 사람은 용사보다
낫다'고 했듯이 화를 참는다는 것은 쉽지 않은 일이다.
그렇다고 화내기를 앞세우면 자신만 해칠 뿐 남을 해칠
수는 없다.

스위스의 법률가 C. 힐티(1833~1909)는 '무엇인가에 대
하여 분노를 품고 있을 때는 자기를 통제 못하고 있는 것
이다. 모든 악에 대하여는 평정한 저항이 최고의 승리를
거둔다' 라고 조언했다.

분노는 감정에 지배당한 경우에 나타난다. 따라서 분노
를 무서운 것으로 생각할 것이 아니라 경멸하는 마음으
로 취급해야 한다. 그렇게 하면 그 해에 희생되지 않고
거기에 초연할 수 있는 것이다.

9

'물통의 물보다 친절한 말 한마디가 불을 끈다.' 스페인의 소설가 세르반테스(1547~1616)의 말이다.

친절한 말에는 그 말을 하는 사람의 따뜻한 마음을 느낄 수 있다. 그래서 사람을 이롭게 하는 말은 솜처럼 따뜻하지만 사람을 해치는 말은 가시처럼 날카로운 것이다.

한마디 말의 값어치가 천금과 같을 수 있는 것은 말이 사람의 목숨까지도 구할 수 있기 때문이다. 또한 싸움과 말다툼의 불을 끌 수 있는 것도 친절한 말 한마디면 충분하다.

프랑스 속담에 '키 작은 남자가 거목(巨木)을 쓰러뜨리듯 부드러운 말이 엄청난 노기(怒氣)를 가라앉힌다' 라는 말이 있다.

참으로 다정스러운 말은 시원한 물보다도 우리들의 목마름을 축여 주기에 족하다.

남에게 친절하다는 것은 그 자신의 인품을 높이는 것이 된다. 친절은 사회를 움직이는 황금의 쇠사슬이다.

10

·

친구를 잘 얻으면 천하를 얻는 것과 같다는 말이 있다. 우정은 사랑보다 큰 위력을 갖는 것이다. 그러나 친구로서 아무 역할도 못하는 자는 언제 적이 되어 나에게 해를 끼칠는지 모른다.

나의 편도 아니고 나의 적도 아닌 무관심한 사람이야말로 정말로 나에게 해로운 존재다.

적이라는 것은 내 마음의 한 귀퉁이를 점령하고 있는 존재로서, 결국 내가 저항하고 다스려야 할 부분이므로 그것은 내 마음속에 있다. 엄밀한 의미에서 볼 때 적은 차라리 나의 가장 좋은 벗이라고 말할 수도 있다. 적은 차라리 좋은 자극제이기 때문이다.

거짓 친구를 잃어버리는 것은 진정 이익이며 성장이다. 그것은 우정이란 것에 대하여 우리의 눈을 뜨게 한다.

《탈무드》에 '애매한 친구보다 명확한 적이 낫다'는 말이 있다. 가장 훌륭한 만병통치약이 친구다.

11

·

인간은 일할 수 있는 동물이다. 비록 왜소한 사람일지라도 일을 하려고 생각하면 무한한 힘이 끓어오르게 마련이다. 즉 해 보려는 의지만 있으면 어떤 일이든지 할 수 있는 것이다.

영국의 탐험가 헨리 허드슨(?~1611)은 '의지가 있는 곳에 길은 통한다' 라고 했다.

인생에서 가장 큰 고난은 우리가 얻고자 노력하지 않는 데 있다.

우리의 희망을 가로막는 장애물이 큰 것이 아니다. 희망을 실현해 보려는 의지가 약한 것이다.

배고픈 것보다 신념을 잃었을 때의 인간이 가장 비참하다. 실패하고 낙오하는 사람들을 보면 참을성이 부족하거나 일관된 신념을 갖고 있지 않다. 사람의 의지는 하늘을 움직이는 법이다.

마음은 부드러워야 하고 의지는 굽혀지지 않아야 한다.

방탕한 길에서 몸을 망치는 것은 육체가 아니라 의지다. 사람을 가장 아름답게 인도하는 힘은 의지에 달려 있

다. 기둥이 약하면 집이 흔들리지만 의지가 약하면 생활
이 흔들린다.

사람에게는 쌓아 놓은 재물보다 굳은 의지에서 얻는 행
복이 훨씬 크다. 의지는 다른 어떤 재산보다도 훌륭한 재
산이다.

12

　성공은 사람이 얻을 수 있는 최고의 상이며, 명성은 제2의 재산이다.

　그리고 이 두 가지의 은혜를 모두 누리고 있는 사람은 지상의 왕관을 물려받은 사람이라 할 것이다.

　성공의 비결은 좌절하지 않고 극복하는 데 있다. 성공하는 사람은 송곳처럼 어떤 한 점을 향하여 일한다.

　그리스의 비극 시인 소포클레스(BC 496~406)는 '성공은 수고의 대가(代價)라는 것을 기억하라'고 했다.

　시도하지 않는 곳에 성공이 있었던 예는 결코 없다. 위대한 사업이 이루어지는 것은 힘이 아니라 끈기에 의한 것이다.

　성공이란 그 결과로 측정하는 것이 아니라, 그것에 소비한 노력의 총계로 따져야 한다.

13
•

현대 세계에서 여론의 이해는 사회발전의 불가분의 조건이다. 권좌에 앉지 않은 사람들이 정치적 의견을 자유롭고 공공연하게 표명할 수 있는 권리, 더욱이 이런 의견 표명이 그 정부의 정책과 인사나 행동에 영향을 미치고, 이런 결정을 하는 권리를 주장할 수 있을 때 여론은 존재한다.

여론은 입법기관보다 유력하며, 강하기는 십계명과 거의 맞먹는다.

그리스의 비극 작가 아이스킬루스(BC 525~456)는 '국민의 소리는 강력한 힘이다' 라고 말했다.

하나의 의견이 일반화된 곳에서는 그 의견이 흔히 옳다. 국민의 정신을 변경시키는 것이, 국가의 정치질서 혹은 경제질서를 변경시키는 것보다 훨씬 어렵고, 백성의 입을 막는 것은 물을 막는 것보다 어려운 법이다.

14

가장 훌륭한 사람은 모든 것을 버리고 그 중에서 다만 하나를 선택한다. 영원한 명예를 취하고 사멸해 버릴 것은 미리부터 버린다.

우리들이 명예를 사랑하는 것은 명예 그 자체 때문이 아니고 그것이 가져다주는 이익 때문이다. 옷은 새것일 때부터, 명예는 젊을 때부터 소중히 해야 한다. 신용을 잃고 명예를 잃었을 때 그 사람은 이미 죽은 것이다. 명예라는 말은 의무를 뜻한다. 최고 계층은 항상 자신의 명예에 대한 책임감을 가져야 한다.

자기가 얻은 명예 속에 안주하는 것은 눈 속에서 휴식을 취하는 것만큼 위험하다. 왜냐하면 그것은 잠든 채 죽게 되기 때문이다.

커다란 명예는 커다란 부담이다. '명예욕과 황금욕은 모든 악의 원천이다' 라는 독일 격언을 생각해 볼 일이다.

15

하늘의 뜻은 예측하기 어렵다. 시련을 주는가 하면 영달을 주기도 하고, 영달을 주는가 하면 다음은 또 시련을 주기도 한다.

《채근담》에 '내리막길로 들어서는 조짐은 최성기에 나타나고, 새로운 것의 태동은 극도로 쇠퇴했을 때 생긴다. 순조로운 때는 더욱 긴장하여 이변에 대비하고, 난관에 부딪혔을 때는 오로지 참고 견디어 내면서 초지를 관철해야 한다'는 구절이 있다.

훌륭한 인물은 역경에 처하여도 그것을 잘 감수해 내고, 평온 무사한 때에도 만일의 경우에 대한 준비를 잊지 않는다.

장차 날려는 자는 날개를 감추고 장차 할퀴려는 자는 손톱을 오므린다.

자벌레의 꾸부림은 펴기 위해서다. 영국 속담에도 '날씨가 좋을 때 돛을 고치라'고 했다.

역사란 인간의 기억 위에 시간에 의해 쓰여진 전설시 (傳說詩)다. 미국의 제20대 대통령을 지낸 가필드 (1831~1881)는 '역사란 풀지 않은 예언의 두루마리'라고 재미있게 표현했다. 토인비(1889~1975)는 '역사발전의 원 동력은 도전과 응전에 있다'고 했으며, 칼 포퍼(1920~) 는 '역사는 스스로 진보하지 않는다. 인간만이 진보시킬 수 있을 뿐이다'라고 말했다.

영국의 소설가 허버트 조지 웰즈(1866~1946)는 '인류의 역사는 본질적으로 사상(思想)의 역사'라는 정의를 내렸 다.

역사는 참으로 시대의 증인이요 진실의 등불이다. 역사 는 과거의 사람들을 평가함으로써 사람들로 하여금 미래 를 판단케 해 준다. 역사란 명확해진 경험인 것이다.

전남 해남군 문내면 고당리에서 바라본 일성산.

하늘의 뜻을 즐기는 사람은
천하를 편안하게 하고
하늘의 뜻을 두려워하는 사람은
자기 나라를 편안하게 한다.

17

사람은 누구나 성공하고 싶어한다. 어떤 사람에게는 그 것이 하나의 병과 같이 되어 자나깨나 염두에서 떠나지 를 않는다.

성공하기가 그렇게 어려운 것은 아니다. '일의 성공을 위하여 필요하다면 어떠한 조직도 개혁하고, 어떠한 방 법도 폐기하고, 어떠한 이론도 포기할 각오가 있어야 한 다'고 헨리 포드(1863～1947)는 말했다.

또 '시도(試圖) 없는 곳에 성공 없다'고 영국의 해군 제 독 H. 넬슨(1758～1805)이 말했듯이, 인간이 무한한 열정 을 품고 있는 일에는 거의 성공한다.

만약 이 세상에서 성공의 비결이라는 것이 있다고 하 면, 그것은 타인의 관점을 잘 포착하여 자기 자신의 입장 에서 사물을 볼 줄 아는 재능 바로 그것이다.

18

•

인자한 큰 나라의 국왕이 실력으로는 작은 나라를 억압하여 복종시킬 수 있으나 도리어 작은 나라에 예(禮)를 갖추어 공경하며 국교를 유지하는 것과, 지혜로운 작은 나라의 국왕이 인접한 큰 나라와의 국교를 신중히 하여 나라의 위신을 지키고 위협을 달래가며 나라를 보존하는 데 힘쓰는 것은, 옛 외교술의 이상(理想)이었다.

그래서 '큰 나라로서 작은 나라를 섬기는 것은 하늘의 뜻을 즐기는 것이고, 작은 나라로서 큰 나라를 섬기는 것은 하늘의 뜻을 두려워하는 것이다. 하늘의 뜻을 즐기는 사람은 천하를 편안하게 하고 하늘의 뜻을 두려워하는 사람은 자기 나라를 편안하게 한다'고 맹자(孟子:BC 372경~289경)는 말했다.

큰 나라가 작은 나라를 길러주고, 작은 나라가 큰 나라를 섬기는 것은 당연한 이치이기에 하늘의 뜻을 즐기는 것이라고 하며, 감히 이치를 어기지 않는 것은 하늘의 뜻을 두려워하는 것이라고 한다. 넓게 포용하고 두루 손을 미침은 천하를 다스리는 기상이요, 절제하고 법도에 따

라 근신하여 방종하지 않음은 한 나라를 보존하는 방법
이다.

　지혜로운 군주는 의리에 밝고 시세를 알기 때문에 큰
나라에 모욕을 당한다 하더라도 자기가 그 나라를 섬기
는 예를 감히 없애지 못하는 법이다. 큰 나라가 작은 나
라를 길러주고 작은 나라가 큰 나라를 섬기는 것은 인류
평화의 영원한 숙제일까.

19

시간은 사람을 기다려 주지 않는다. 시간을 어떻게 활용하는가 하는 문제는 바로 인생을 어떻게 사느냐의 문제와 직결된다. 그것은 인생의 성패는 시간을 어떻게 활용하느냐 하는 것에 달려 있기 때문이다.

신은 모든 인간에게 24시간이라는 균등한 시간을 부여했다. 부자에게도 가난한 사람에게도 지나간 어제의 24시간은 아무리 해도 손에 넣을 수 없다. 지금 우리가 활용할 수 있는 것은 오늘의 24시간뿐이다. 이것을 어떻게 유효하게 사용할 것인가. 인간의 승패는 여기에 있다. 영국의 번역가 플로리오(1553~1625)는 '시간을 갖는 사람이 인생을 갖는다'고 했다.

시간을 허비하는 것은 사치의 극치며 시간을 낭비하는 것은 일종의 자살이다.

20

　유태 격언에 '현인(賢人)은 자기 눈으로 본 것을 남에게 말하고, 어리석은 이는 자기의 귀로 들은 것을 남에게 말한다'고 했다. 어리석은 사람도 잠잠하면 지혜로워 보이고 입을 다물고 있으면 슬기로워 보이는 법이다. 재능을 지닌 바보는 더러 있지만 판단력을 갖춘 바보는 결코 없다.

　프랑스 격언에 '젊은이는 자기가 하고 있는 일을 말하고 늙은이는 자기가 한 일을 말한다. 바보는 자기가 하려고 하는 일에 대해서 말한다'고 했다.

　어리석은 자의 확실한 증거는 자기 뜻을 고수하며 흥분하는 것이다. 어리석은 이와 가위는 쓰는 방법에 따라 움직인다.

　셰익스피어(1564~1616)는 '어리석은 체할 줄 안다는 것은 현명한 일'이라고 표현했고, 스웨덴의 격언에는 '자신의 어리석음을 인정하는 것은 그것을 행하는 것보다 어렵다'고 했다. 어리석은 자를 무시해서는 안 된다. 어리석은 자가 있으므로 당신이 똑똑해 보이는 것이다.

낯을 찡그리고 살면 세월이 괴롭고, 마음이 편하면 하루하루가 잔치 기분이다.

프랑스의 소설가 발자크(1799~1850)는 '사람의 얼굴은 하나의 풍경이다. 또 한 권의 책이다. 용모는 결코 거짓말을 하지 않는다'고 말했다.

아름다운 얼굴이란 거기에 마음의 정직함이 그려져 있는 얼굴이다. 우리는 한 사람을 대체로 그 얼굴로 평가하려 든다. 그만큼 얼굴은 한 사람의 모든 특색과 특징을 잘 나타낸 중요한 기호인 것이다.

미국의 제16대 대통령 링컨(1809~1865)은 '마흔을 지낸 사람은 자기 얼굴에 책임을 져야 한다'고 했다.

얼굴이라는 것은 그 얼굴의 배후에 있는 마음에 의해 틀이 잡혀지는 것이다. 마음이 고상하고 우아함을 생각하면 그 사람의 얼굴은 자연히 우아하게 되고, 야비한 마음을 가지면 바로 야비하게 되는 것이다.

남자의 얼굴은 자연의 작품이요, 여자의 얼굴은 예술작품이다.

22

미국의 시인 롱펠로(1807~1882)는 '시간은 영혼의 생명'이라고 말했다.

보통 사람은 시간을 소비하는 것에 마음을 쓰고, 재능 있는 인간은 시간을 이용하는 데 마음을 쓴다.

짧은 인생은 시간의 낭비에 의해서 한층 짧아진다. 나이가 듦에 따라 시간은 우리에게 많은 교훈을 준다.

시간을 충실하게 만드는 것이 행복이다. 시간은 기다릴 줄 아는 사람에게 문을 열어 준다.

매일매일이 나에게 마지막 날이라고 생각하면 시간이 효율적으로 쓰여질 것이다. 시간은 우리에게 짬을 주기 위해서 멈추지 않는다. 잘 이용만 하면 시간은 언제나 충분하다. 시간은 인간이 소비할 수 있는 가장 가치 있는 것이다.

23

복(福)은 그것이 없어질 때까지는 귀중하게 여겨지지 않는다. 매월당 김시습(1435~1493)은 '불길이 타올라도 끄는 방법이 있고 물결이 하늘을 뒤엎어도 막는 방법이 있으니, 화(禍)는 위험한 때 있는 것이 아니고 편안한 때 있으며, 복은 경사 있을 때 있는 것이 아니고 근심할 때 있는 것'이라고 말했다.

복은 부질없이 오는 것이 아니고 화는 망령되게 오는 것이 아니다. 미국의 사상가 랄프 에머슨(1803~1882)은 '일년 수확을 망치는 서리는 바구미나 메뚜기를 죽여 일 세기의 수확을 보장해 준다'고 했다.

사람의 운수는 아무리 다르게 보일지라도 복과 화가 서로 뒤섞여서 결국은 평등하게 된다는 말이 있다.

《회남자》에 '자기를 아는 자는 남을 원망하지 않고, 천명(天命)을 아는 자는 하늘을 원망하지 않는다. 복도 자기에게서 싹트고 화도 자기로부터 나오는 것'이라 했다.

재앙은 악을 쌓음으로 인하여 생기고, 복은 선행에 의해서 일어난다.

24

음식은 육체에서 빠뜨릴 수 없는 것이다. 이와 마찬가지로 교양 또한 정신에서 빠뜨릴 수 없는 것이다.

교양의 목적은 지식 가운데 견식(見識)을 키우며 행위 가운데 훌륭한 덕을 쌓는 데 있다.

교양 있는 사람이란 반드시 독서를 많이 한 사람이나 박식한 사람을 가리키는 것이 아니라, 사물을 옳게 받아들여 사랑하고 올바르게 혐오하는 사람을 뜻한다.

영국의 시인 매튜 아놀드(1822~1888)는 '교양이란 세상에서 이야기되고 사색되어 온 가장 훌륭한 것을 아는 것이다. 교양 있는 사람이 평등의 진정한 사도(使徒)다'라고 했다.

교양을 갖춘다는 것은 지식과 아름다움에 의해서도 채워지지 않는 배고픔을 채워 가는 것이다. 교양이 없는 사람은 광택이 없는 거울과 같다.

25

신약성서에 '누구든지 자기를 높이는 사람은 낮아지고 자기를 낮추는 사람은 높아질 것이다' 라는 말이 있다. 이는 교만에는 재난이 따르고 겸손에는 영광이 따른다는 뜻이다.

《논어》〈술어편〉에도 '사치하면 교만하기 쉽고 검약하면 고루하기 쉽다. 교만한 것보다는 차라리 고루한 것이 낫다' 는 표현이 있다.

거만은 인간이 자기를 남보다 뛰어나다고 생각하는 잘못된 견해에서 생기는 기쁨이다. '거만은 항상 상당량의 어리석음에 결부되어 있다. 거만은 항상 파멸의 한 걸음 앞에서 나타난다. 거만해지는 사람은 이미 승부에 지고 있는 것' 이라고 힐티는 지적했다.

대체로 큰 과오의 밑바닥에는 거만이 있는 법이다. 교만이 앞장서면 망신과 손해가 곧장 뒤따른다.

26

'말을 아끼는 자는 지식이 있고, 미련한 자라도 침묵하면 지혜로 여기우고 그 입술을 닫으면 총명한 자로 여겨진다.' 구약성서 잠언 제17장에 나오는 구절이다.

아무것도 모르는 사람일수록 말이 많은 법이다. 자기에게 지식이 없다는 것을 알고 있는 만큼 남에게 지지 않으려고 말을 많이 하게 된다. 이는 대개 자기의 수준을 알지 못해 실소를 사고 있는데도 깨닫지 못하는 경우가 태반이다.

그리스의 비극 작가 소포클레스는 '짧은 말에 오히려 많은 지혜가 감추어져 있다' 라고 했다. 사람이 깊은 지혜를 갖고 있으면 있을수록 자신의 생각을 나타내는 말은 더욱더 간결해진다.

재산을 보호하는 것보다 말을 조심하는 것이 더 낫다. 때로는 한마디 말이 큰 계획을 누설시키기 때문이다.

인간은 칭찬을 듣는 것만으로도 기뻐하는 동물이다. 사람은 때때로 거짓말인 줄 알면서도 칭찬을 즐긴다.

프랑스의 작가 라 로시푸코(1614~1680)는 '우리들은 항상 우리를 칭찬하는 사람들을 사랑하지만, 우리들은 우리들이 칭찬하는 사람을 반드시 사랑하지는 않는다. 사람은 보통 칭찬받기 위해서 칭찬한다. 겸손은 남의 칭찬을 싫어하는 것같이 보이지만, 실은 훨씬 더 완곡하게 칭찬받고 싶은 욕망에 지나지 않는다' 고 표현했다.

재능 있는 사람은 찬사에 우쭐하지 않는다.

미국의 철학자 윌리엄 제임스(1842~1910)는 '인간은 칭찬을 갈망하면서 살고 있는 동물' 이라고 단정지었다.

칭찬은 받는 것보다 그것이 진정 칭찬받을 만한 것인가가 더 중요하다.

남에게 칭찬을 받아도 자신의 판단을 잊지 말라. 올바르게 칭찬해 주는 것은 비난하는 것보다 어렵다.

28

·

사람은 자신이 하는 일에 대하여 신념을 가져야 한다. 자신이 옳다고 확신하는 일을 실행할 만한 힘을 모두가 다 가지고 있는 법이다. 자신에게 그 같은 힘이 있을까 주저하지 말고 앞으로 나아가라.

영국의 시인 조지 위더(1588~1667)는 '신념을 잃고 명예가 사라질 때 인간은 죽은 것이다'라고 했다. 신념은 인간에게 가장 중요한 것이다.

아무리 굳은 신념이 있더라도, 다만 침묵으로써 가슴속에 품고만 있으면 아무 소용이 없다. 여하한 대가를 치르더라도, 죽음을 걸고서라도 반드시 자신의 신념을 발표하고 실행한다는 용기가 필요하다.

사람들은 재주나 수단을 찾지만 가장 중요한 재주와 수단이 신념이라는 것을 모르고 있다. 신념이 강하면 그것으로 충분하다. 자신을 가진 자가 남을 이끌며 신념이 강한 사람이 성공하는 법이다.

29

‘우리 정부의 기초는 국민의 의견이기 때문에 바로 제1의 목적은 그 권리를 지키는 것이어야 한다. 그리고 만약 우리가 신문 없는 정부를 가질 것이냐, 아니면 정부 없는 신문을 가질 것이냐를 나에게 결정하라 한다면 나는 후자를 택하는 데 순간도 주저하지 않을 것이다’ 라고 미국의 제3대 대통령 토머스 제퍼슨(1743~1826)은 언론의 중요성을 강조했다.

바르게 알도록 하고 바르게 판단하도록 하고 바르게 행동하도록 하는 무거운 책임이 바로 우리 언론에 있다.

폴란드의 시인 S. J. 레크(1909~)는 ‘신문은 세계로 통하는 창이다’ 라고 표현했다. 세상을 보는 창은 신문 한 장으로 커버될 수 있다.

보도의 자유는 어떤 특권이 아니라 위대한 사회의 기본적인 요소다.

30
·

명성을 사랑하는 것보다 더 큰 허영은 없다. 그런 사람들은 자신의 명성을 위하는 일이라면 물불을 가리지 않는다. 또 모든 일에서 타인의 시선을 의식하게 된다. 헌금이나 불우한 이웃을 위한 자선 행위도 오로지 타인의 눈에 맞춰 행하게 된다.

독일의 철학자 쇼펜하워(1788~1860)는 '허위의 명성은 잡초와도 같아서 싹트는 것이 빠르기는 하나 뿌리째 뽑히는 것도 빠르다' 라고 명성의 허망함을 꼬집었다. 진정 위대한 인물은 사적(史蹟)이나 명성 따위를 남기지 않는다.

참으로 본받아야 할 것은 그 명성이 아니라 그만큼 가치 있는 진실인 것이다. 명성은 단지 하루살이 목숨에 불과하다.

31

우리는 성공에서보다는 실패에서 더 많은 지혜를 배운다. 우리는 하지 말아야 할 것을 발견함으로써 해야 할 것을 가끔 발견하게 된다. 따라서 잘못을 저지르지 않은 사람은 아마 발견을 못할 것이다.

미국의 목사 윌리엄 챠닝(1780~1842)은 '실수와 실패는 우리가 진전하기 위한 훈련'이라고 했으며, 영국의 극작가 토머스 사우던(1660~1746)은 '실패는 낙담의 원인이 아니라 신선한 자극'이라고 서술했고, 미국의 웅변가 필립스(1811~1884)도 '실패는 하나의 교훈이며 상황을 호전시킬 수 있는 첫걸음'이라고 했다.

실패는 사람을 지독하고 잔인하게 만들기 쉬우며 성공은 그 사람의 성격을 개선하기도 한다.

러시아의 작가 체호프(1860~1904)는 '인간의 눈은 실패하고서야 비로소 뜨이게 된다'고 했다.

실패가 분명한 성공을 보장하는 깨달음의 과정이자 다가올 위험까지도 예방하는 효능을 갖게 되기 위해서는 부단히 노력해야 한다.

전남 해남군 삼산면 대둔산 자락에 정면 5칸, 측면 4칸의
당당한 팔각 다포집으로 지어진 대흥사 대웅전.

군자는 사람을 지나치게 믿지 않고
또 지나치게 의심하지 않는다.
그리고 군자는 교제가 끊어져도 그 말을
입 밖에 내지 않는다.

32

최상의 행복이란 어떤 것일까.

에머슨은 '시간을 충실하게 만드는 것이 행복이다'라고 했고, 플라톤(BC 427~347)은 '사람의 최대의 행복은 날마다 덕(德)에 대해서 이야기하는 것으로 영혼이 없는 생활은 가치 없는 생활이다'라고 설파했다.

로마의 황제 마르쿠스 아우렐리우스(121~180)는 '행복은 그 사람이 진정한 일을 하는 곳에 존재한다'고 행복을 일과 연관지어 표현했다.

영국의 사상가 토머스 칼라일(1794~1881)도 '평생의 일을 발견한 사람은 행복하다. 그는 다른 행복을 찾을 필요가 없다'고 일의 중요성을 강조했다. 인간을 행복하게 만드는 것은 자기가 하는 일을 좋아하는 것이다.

행복을 추구하는 것도 중요하지만 행복을 누릴 자격이 있는 사람이 되는 일이 더 중요하다.

군자(君子)는 사람을 지나치게 믿지 않고 또 지나치게 의심하지 않는다.

부(富)는 집을 윤택하게 하고 덕(德)은 몸을 윤택하게 한다. 마음이 넓어지면 몸도 편안해진다. 그러므로 군자는 반드시 그 뜻을 성실하게 한다.

《논어》〈계씨편〉에 '군자는 세 가지 두려워하는 일이 있다. 천명을 두려워하며, 대인을 두려워하며, 성인의 말씀을 두려워한다. 소인은 천명을 알지 못하여 두려워하지 않고, 대인을 존경하지 않으며, 성인의 말씀을 업신여긴다'고 했다.

또 '군자는 생각하는 것이 아홉 가지가 있다. 시(視)는 밝아야 함을 생각하며, 청(聽)은 총명해야 함을 생각하며, 안색은 온화로워야 함을 생각하며, 용모는 공손해야 함을 생각하며, 말에는 신의가 있어야 함을 생각하며, 일을 행함에 정성스러워야 함을 생각하며, 의심나면 물어야 함을 생각하며, 이득을 보면 옳은가를 생각한다'고 적혀 있다.

군자에게는 세 가지 변모(變貌)가 있다.
즉 멀리서 바라보면 씩씩하고 가까이 하면 부드러우나
그 말을 들으면 엄숙하다.

군자는 교제가 끊어져도 나쁜 말을 입 밖에 내지 않으
며, 충신은 나라를 떠나도 그 이름을 깨끗이 한다.

34

인간에게 있어서 가장 소중한 것은 우리가 현재 행하고 있는 일이다.

인간의 행복 대부분은 끊임없이 계속되는 일과 그 일로 인한 축복으로 이루어진다. 진정한 일거리를 발견했을 때처럼 유쾌한 기분이 들 때는 없다.

인간이 얼마만큼 일을 잘하고 얼마만큼 일을 많이 할 것인가는 그 사람 자신이 결정한다.

'일하는 것은 손이지만 사람을 육성하는 것은 머리다' 라는 러시아 격언은 지혜의 중요성을 강조하고 있다.

지혜는 매일 쓰지 않으면 안 된다. 늘 쓰지 않는 자물쇠는 녹이 스나 늘 쓰는 자물쇠는 광채를 발하는 법이다. 지혜 있는 사람은 영원한 인간이다.

35

운명은 사람의 힘으로는 도저히 어쩔 수 없는 엄연한 그 무엇이라고 할 수 있다.

운명에는 우연이 없다. 인간은 어떤 운명을 만나기 전에 벌써 스스로 그것을 만들고 있는 것이다.

운명은 우리를 행복하게도 불행하게도 만들지 않는다. 다만 그 재료와 씨앗을 우리에게 제공해 줄 뿐이다.

자신의 운명의 주인은 자기 자신이다.

영국의 정치가 프랜시스 베이컨은 '운명은 그것을 인내함으로써 극복해야 한다'고 했다.

운명은 우리의 행위 절반을 지배하고 다른 절반은 우리 자신에게 맡기는 법이다.

운명보다 강한 것이 있다면 그것은 동요하지 않고 운명을 짊어지는 용기다.

36

‘인내는 희망을 갖기 위한 기술이다.’ 프랑스의 보브나르그(1715~1747)의 말이다.

인간은 희망을 안고 살아가는 한 아무리 고통스러워도 견디고 용감하게 살아갈 수 있다.

신약성서에 ‘고통은 인내를 낳고 인내는 시련을 이겨내는 끈기를 낳고 그러한 끈기는 희망을 낳는다’ 는 말이 있다. 지금의 고난을 참고 이기는 것은 바로 마음속에 품고 있는 희망이 있기 때문이다.

인내를 하나의 기술로 생각하는 사람이 있다면 그는 용기 있는 사람이다. 그는 그 기술로 무언가를 해낼 수 있을 것이다. 잘 견디어 내는 사람은 항상 이기게 마련이다. 참아 낼 줄 아는 사람이면 이루지 못할 일이 없다.

모진 고생보다 나은 교육은 없다. 영국의 시인 존 밀턴(1608~1674)은 ‘가장 잘 견디는 사람은 가장 잘 성취할 수 있다’ 고 했다.

인내는 온갖 고난과 고통에 대한 최상의 치료다. 인내는 인간의 제2의 용기다.

37

　예의는 모든 일의 근본이다. 어른과 어린이의 분별도 예의가 있기 때문이며 친척과의 화목도 예의가 있기 때문이다. 예의가 없으면 모든 조직의 질서도 이루어질 수 없다.

　독일의 시인 괴테(1749~1832)는 '예의는 자기 자신을 비추는 거울이다' 라고 했다. 예의 바른 모든 행동의 밑바닥에는 자신을 아끼는 마음이 깔려 있다. 그것은 규율과 친절로 표출되며, 타인의 권리나 감정을 존중하는 마음으로 나타난다.

　예절은 거짓 없는 마음에 있는 선을 통해 이루어진다. 곧 참다운 예(禮)의 실행은 그 사람의 어진 품성을 나타내는 것이다. 예의 바른 행동, 그것은 고귀한 성품의 꽃이다.

38
·

　사람은 웃을 수 있는 능력을 부여받은 유일한 동물이다. 곧 사람은 웃음을 알아야 진정한 인간이라고 말할 수 있다.

　인간생활의 웃음은 하늘의 별과 같다. 웃음은 별처럼 한 가닥의 광명을 던져 주고 신비로운 암시도 풍겨 준다. 웃음은 또 봄비와도 같다. 이것이 없었던들 인생은 벌써 사막이 되어 버렸을 것이다. 그런데 감미로운 웃음으로 하여 인정의 초목이 무성해 있는 것이다.

　영국의 작가 대커리(1811~1863)는 '만족한 웃음은 집안의 햇빛이다' 라고 했다.

　웃는 집에 복이 들어온다는 말이 있다. 웃음으로 대표할 수 있는 평화나 명랑, 쾌활 등의 심정이 행복을 부르는 원인이 된다는 것이다.

　웃음은 인생의 약이다. 현명하거든 웃어라. 웃음은 몸 전체가 즐거워지는 감동이다.

<h1 style="text-align:center">39</h1>

우리 인간은 대개의 경우 자신의 중요성을 과소평가하는 것보다는 과대평가하는 편이다. 그리고 자기가 아니면 안 된다고 생각하는 일이 너무나 많다.

인간에게는 불행하거나 빈곤이 따르든가 혹은 병을 앓는 것이 필요하다. 그렇지 않으면 인간은 곧 교만해지고 만다.

영국의 유머 작가 제롬(1859~1927)은 '자만은 인간이 착용할 수 있는 최고의 장갑(裝甲)'이라고 했다.

스피노자(1632~1677)는 '자만심은 인간이 자기 자신을 너무 높게 생각하는 데서 생기는 쾌락'이라고 정의했다.

자만심은 어리석은 사람에게는 으레 붙어 다닌다. 자만은 괴로움의 원천이다. 자만이 사라졌을 때부터 인생의 행복한 시기가 시작된다.

반면에 프랑스의 작가 라 로시푸코는 '자만이 전연 없었다면, 이 세상에는 특별히 즐거운 일도 없을 것'이라 했다. 하지만 세네카(BC 55경~AD 39경)는 '자만은 자멸을 초래하고 신(神)은 자만스런 자를 미워한다'고 했다.

40

'인간에게 있어서 말은 고뇌를 고치는 의사다. 왜냐하면 말만이 영혼을 고치는 불가사의한 힘을 갖고 있기 때문이다.' 이는 그리스의 극시인 메난드로스(BC 342~292)의 말이다.

인간에게 있어 말은 고뇌를 치유할 수 있는 의사로 비유된다. 말은 영혼을 고치는 힘을 갖고 있기 때문이다. 그래서 옛 선현들은 말을 묘약이라고까지 불렀다.

가난하여 물질적으로 사람을 도울 수 없더라도, 어리석음으로 방황하는 사람에게 한마디 말로 깨우쳐 주고 위급하고 곤란한 처지의 사람에게 한마디 말로써 풀어줄 수 있다면 그야말로 말은 천금보다 더 귀할 수밖에 없다.

'온정이 깃든 말은 삼동(三冬) 추위도 녹인다'는 중국 속담처럼, 경우에 따라서는 말 한마디가 한 사람의 평생을 좌우할 수도 있는 것이다.

다정스러운 말은 시원한 물보다도 목마름을 축여 준다.

41

친절한 벗의 선물은 아무리 사소한 것일지라도 가치 있는 것으로 여겨진다. 친절한 마음씨만으로도 하나의 선물이기 때문이다.

그릇이 큰 사람은 남에게 호의와 친절을 베풂을 자기의 기쁨으로 깨닫는다. 조그만 친절이나 한마디의 사랑의 말이 이 땅을 즐거운 곳으로 만든다. 또한 남에게 친절하다는 것은 늘 그 자신의 인품을 높이는 것이 된다.

영국의 시인 테니슨(1809~1892)은 '친절한 말은 왕관보다 낫다'고 했다. 유태의 속담에도 '똑똑하기보다는 친절한 편이 낫다'라는 말이 있다.

친절은 사회를 움직이는 황금의 쇠사슬이요, 이 세상의 가장 강력한 힘이다. 친절한 행동은 아무리 작은 것이라도 결코 헛되지 않는다.

42
·

코란에 '너희들이 선한 일을 행하면 그 모두가 스스로를 위한 일이 되고 악한 일을 행하면 그것 역시 스스로에 대한 악이 된다'고 적혀 있다.

일의 시초에 임할 때는 결과가 어떻게 되는가를 항상 생각해야 할 것이다.

무엇이나 이유없이 이뤄지는 것은 없다. 씨가 어떻게 뿌려졌는가에 따라서 수확도 결정된다.

매월당 김시습은 '근원이 맑아야 흐름이 깨끗하고 근본이 단정해야 끝이 정제하다'고 묘사했다. 불이 있는 곳엔 반드시 연기가 있는 법이다.

로마의 신학자 제롬은 '만약 하천에 물이 조금밖에 없다면 그것은 수로(水路)의 탓이 아니라 수원(水源)의 탓'이라 했다.

중국 격언에는 '현자(賢者)는 자기 과실의 원인을 스스로에게 묻지만 우매한 자는 그 원인을 타인에게 묻는다'는 말이 있고, 아가칼시스는 '현자는 원인을 토론하고 어리석은 자는 원인을 속단한다'고 했다.

미국의 경영학자 피터 드러커(1909~)는 '원인의 10퍼
센트를 억제하면 결과의 90퍼센트를 지배한다'고 말했다.

43

자신이란, 마음이 확신하는 희망과 신뢰를 가지고 위대하고 영예스런 길에 나서는 감정이다.

무슨 일이나 자기가 된다고 생각하기 때문에 되는 것이다. 자신감이 없고 불평만 하는 사람에게는 성공이 멀게 느껴지는 것이 당연하다. 미국의 사상가 에머슨은 '자신감은 성공의 최고의 비결이다. 불만은 자신감의 결핍이고 의지의 박약이다' 라고 했다.

자신감을 갖는 방법은 우선 자기의 능력을 간파하고 자기가 할 수 있는 방법으로 그 일을 이룰 수 있도록 충분히 생각하는 것이다. 자신이 유용한 인재라는 자신감만큼 사람에게 유익한 것은 없다. 자신감을 가지면 타인의 신뢰도 얻을 수 있다.

자신감은 인간이 입을 수 있는 가장 훌륭한 갑옷이다. 사람은 돈지갑이 가난해도 정신적으로는 긍지를 가질 수 있다.

$$44$$

정치란 인간을 행복하게 하는 기술이며, 어디까지나 가능한 것, 도달할 수 있는 것을 찾아내는 기술이다. 그것은 곧 차선(次善)의 기술이다.

정치란 타협이고 결단이며 국민 다수의 의사를 존중하는 것이며, 정열과 통찰력으로 강판에 구멍을 뚫는 끈질기고 완만한 작업이다.

인도의 정치가 J. 네루(1889~1964)는 '정치란 백성의 눈물을 닦아 주는 것이다'라고 했으며, 공자(孔子:BC 551~479)는 '정치의 으뜸가는 요체는 국민의 신망을 얻는 것이다'라고 했다.

정치행동은 하나의 사회를 도와주고 될 수 있는 한 행복한 미래를 낳게 하는 산파역이어야 하고 국민에게 희망을 안겨 줄 수 있어야 한다.

정치계의 정화란 무지개빛 꿈인가. 통치는 힘이 있어야 한다. 정치를 직업으로 가지면서 정직할 수는 없는 것인가.

45

지위란 높은 나무를 타고 사방을 바라보는 것과 같다. 그것은 거센 바람에 쉽게 넘어갈 수 있는 위치이기도 하다. 너무 높으면 위태로울 수가 있다. 높은 지위일수록 그 자리를 지키기가 힘들어진다. 쉽게 노출되기 때문에 사람들의 표적이 되기 십상이다.

영국의 목사 조지 허버트(1593~1633)는 '원숭이가 높이 오를수록 자기 꼬리를 더 많이 보여준다'라고 풍자했다. 이는 또한 실력 없는 자가 높은 자리에 앉으면 반드시 화를 당하게 됨을 경고하고 있다.

지위가 높은 자는 많은 사람들이 지켜보는 가운데서 조금이라도 흐트러진 모습을 보여서는 안 된다. 도리와 정의에 맞는 행동을 보여야 한다.

46

·

'위대한 자에게는 위대한 결함이 있다'고 영국의 작곡가 토머스 드락스(?~1618)는 말했다.

위대한 사람도 허점이 있게 마련이지만 위인이 도달한 높은 봉우리는 각고의 노력으로 한 발 한 발 꾸준히 기어오른 것이다.

위인에게 가까이 가면 갈수록 우리가 평범한 사람이라는 사실이 분명해진다. '가장 위대한 사람은 가장 훌륭한 덕뿐 아니라 가장 큰 악도 지닐 수 있다'는 데카르트(1596~1650)의 말이나, '너무 흰 것은 더러운 것처럼 보이고 위대한 덕을 지닌 사람은 좀 모자란 것처럼 보인다'는 장자의 말이나, '모든 위인은 실수를 저지른다'는 영국의 정치가 윈스턴 처칠(1894~1965)의 말에서 보듯이, 위인의 결점은 우매한 자들에게 마음의 위로가 되는 것이 아닐까.

전남 해남군 달마산 기슭 양지 바른 터에 자리잡은 미황
사. 뒤로 달마산의 기암괴석이 병풍처럼 둘러쳐져 있다.

밭을 가는 사람에게 사랑을 얻으면
천자가 되고
천자의 신임을 받으면 제후가 되고
제후의 신임을 받으면 대부가 된다.

<h1 style="text-align:center">47</h1>

불행을 불행으로 끝맺는 사람은 지혜 없는 사람이다. 불행 앞에 우는 사람이 되지 말고 불행을 하나의 출발점으로 이용할 수 있는 사람이 돼야 한다.

미국의 수필가 H. D. 소로(1817~1862)는 '모든 불행은 미래에의 발판에 지나지 않는다'고 했다.

불행은 예고 없이 도처에서 우리를 기다리고 있다. 아무리 총명하다고 해도 미리부터 불행을 막을 길은 없다. 그러나 불행을 딛고 그 속에서 새로운 길을 발견할 힘이 우리에게는 있다.

불행은 때때로 유익한 자극제가 될 수 있다. 우리는 불행을 자신을 위하여 이용할 수 있어야 한다. 불행, 그것은 인간의 생활에 있어서 시금석인 것이다. 불행도 뭔가 이익이 된다. 불행이란 인생의 기괴한 동반자다.

48

·

프랑스 격언의 '덕이 없는 아름다움은 향기 없는 꽃' 이라는 표현과, 에머슨의 '우아함이 결여된 미는 미끼 없는 낚시 바늘과 같으며, 표정이 없는 미는 사람을 피곤하게 만든다' 는 말은 비슷한 표현이다.

괴테는 '미는 감추어진 자연법칙의 표현이다. 자연의 법칙은 미에 의해 표현되지 않았더라면 영원히 감추어져 있는 대로일 것이다' 라고 서술했다.

아름다움은 영원한 기쁨이다. 베이컨은 '미는 잘 익은 과일이며, 그것은 썩기 쉽고 오래 갈 수 없다' 고 했으며, 실러(1864~1937)는 '진리는 현명한 이를 위해 존재하고 미는 다정다감한 마음을 위해 존재한다' 고 했다.

아름다운 얼굴이 추천장이라면 아름다운 마음은 신용장이다. 흠잡을 데 없이 우아한 아름다움이란, 그것이 그 사람의 성질과 완전히 일치되었을 때, 그리고 당사자가 자기의 아름다움을 의식하지 않고 있을 때 그 진가를 나타낸다. 프랑스의 화가 밀레(1814~1875)는 '미는 자연이 여자에게 준 최초의 선물' 이라고 말했다.

49
·

부족을 채우려는 마음을 욕망이라고 한다. 만족될 수 없는 것이 욕망의 본질이며, 대부분의 사람들은 욕망 충족을 위하여 산다.

옛날부터 인간들이 어떠한 부족을 채워서 보다 더 나은 무엇을 차지하려고 애쓰지 않았던들, 우리의 사회와 문화가 이렇듯 발전되었을 리는 만무하다.

인간은 많이 가질수록 더 많이 갖고 싶어한다. 탐욕은 항상 만족에 도달하지 못하고 끝까지 욕구를 만족시키려는 무한한 노력 속에서 개인을 탕진시키는 바닥 없는 항아리이다. 그러나 욕망이 없는 곳에서는 근면이 없다.

'참된 욕구 없이 참된 만족은 없다' 라고 프랑스의 풍자 시인 볼테르(1694~1778)는 말했다. 영국 격언에 '욕망을 포기하는 자는 죽음의 물에 들어가는 자' 라는 말이 있다.

애정과 욕망은 위대한 행위로 향하는 정신의 날개다.

50

·

《맹자》〈진심편〉에 '백성은 귀중하고 사직(社稷)은 그 다음가고 임금은 대단치 않다. 그렇기 때문에 밭을 가는 사람에게 사랑을 얻으면 천자가 되고, 천자의 신임을 얻으면 제후가 되고 제후의 신임을 얻으면 대부가 된다.

제후가 사직을 위태하게 하면 갈아 놓고, 희생의 제물이 살찌게 되고 제물로 괴어 놓은 곡식이 깨끗하게 마련되고 제사를 제때에 지내는데도 가뭄과 수해가 나면 사직을 갈아 놓는다' 는 말이 있다.

이는 민의(民意)를 존중하고 필요하면 혁명까지도 불사한다는 뜻을 역설한 것이다.

51
·

거울은 얼굴을 보는 것이다.

독일의 철학자 쇼펜하워는 '모든 사람은 다른 사람 속에 거울을 가지고 있다. 그 거울로 말미암아 자기 자신의 결점과 여러 가지 약한 곳을 확실히 볼 수 있게 한다'고 말했다.

프랑스의 시인 보들레르(1821~1867)는 '제 모습을 비춰 보는 마음의 거울이란 흐림과 맑음의 대담(對談)'이라고 표현했다.

거울은 진실만을 전한다.

옛날 사람들은 거울을 대하고 맑은 본성(本性)을 취했다. 군자는 물로 거울하지 않고 사람을 거울로 한다. 물에 비추면 얼굴 모양을 본다. 그러나 사람에 비추면 길흉을 안다. 술은 진심을 나타내며 거울은 자태를 나타낸다.

52

교만과 사치는 대개 행복과 권력에서 비롯되어 그것들이 사라질 때까지 계속 이어진다. 따라서 행복이 있을 때 그것을 전부 누리지 말아야 한다. 그 복이 다하게 되면 가난한 몸이 되기 때문이다.

또한 권력이 있을 때 마구 쓰지 말아야 한다. 권력이 다하면 원수와 만나게 되기 때문이다. 그래서 행복은 항상 스스로 아껴야 하고 권력은 항상 겸손하게 써야 한다.

인생에 있어서 교만과 사치는 시작은 있지만 끝은 없다. 프랑스 속담에 '교만이 앞장서면 망신과 손해가 곧장 뒤따른다' 라는 말이 있다.

교만에는 재난이 따르고 겸손에는 영광이 따르는 법이다.

53

‘음주는 일시적인 자살이다. 음주가 갖다주는 행복은 단순히 소극적인 것, 불행의 일시적인 중절(中絶)에 지나지 않는다’고 러셀(1872~1970)은 말했다.

술을 마시는 사람의 가장 기본적인 목적은 취하는 것이라고 말할 수 있다. 그러나 만취했을 때의 상태는 자기의 인식과 지배를 잃은 상태라고 할 수 있다.

역시 술은 취해야 한다. 하지만 사람이 술을 마시는 것이 아니라 거꾸로 술이 사람을 마시는 현상이 발생해서는 안 된다.

독일의 시인 보덴슈테트(1819~1882)는 ‘술을 물처럼 마시는 자는 술을 마실 가치가 없다’고 했다.

중요한 것은 술을 다스릴 줄 아느냐, 아니면 술에 다스림을 받느냐 하는 문제인 것이다.

54

  말은 마음의 지표요 거울이다. 좋은 말 한마디는 나쁜 책 한 권보다 낫다. 모든 말은 생각을 걸어 두는 옷걸이다. 영국의 성직자 토머스 풀러(1608~1661)는 '훌륭한 말은 훌륭한 무기다. 말을 삼갈 줄 모르는 사람은 말을 할 줄 모르는 사람이다' 라고 했다.

  한마디의 말로 하는 타격은 칼을 한번 휘두르는 것보다 더 깊은 법이다.

  어리석은 사람은 자기 혓바닥을 억제하지 못한다. 공자는 '군자는 행위로써 말하고 소인은 혀로 말한다' 고 했다. 옛말에도 '발언을 신중하게 하지 않으면 군주는 신하의 마음을 잃고 신하는 자기 몸을 위태롭게 만든다' 고 지적했다.

  좋은 말을 남에게 베푸는 것은 비단 옷을 입히는 것보다 더 따뜻하다.

아첨의 특징은 상대방을 기쁘고 즐겁게 해 주는 기술에 있다. 비록 아첨에 속지는 않아도 우리는 아첨을 좋아한다. 부도덕한 행위라고 비난하면서도 아첨을 결코 싫어하지 않는 이유가 바로 여기에 있다. 그러나 일단 아첨에 기뻐하면 그 그릇됨을 모르기가 쉽다.

그리스의 철학자 소크라테스(BC 470~399)는 '사냥꾼은 개로써 토끼를 잡지만, 아첨꾼은 칭찬으로써 우둔한 자를 사냥한다' 라고 했다.

아첨만큼 위험한 것은 없다. 거짓인 줄을 알면서도 믿어 버리기 때문이다. 따라서 아첨의 함정에 말려들지 말아야 한다. 아첨하는 자의 혀는 살인자의 손보다도 더 매섭다.

아첨은 행하는 자와 받는 자를 다같이 타락시킨다. 아첨을 잘하는 사람은 충성되지 않고 바른말을 잘하는 사람은 배신하지 않는다.

영국의 철학자 제레미 벤담(1748~1832)은 '최대 다수의 최대 행복이 도덕과 입법의 기초'라고 주장했다.

또 영국의 성직자 토머스 윌슨(1663~1755)은 '법은 사회의 관습과 사회통념의 결정(結晶)'이라고 정의했고, 영국의 시인 사무엘 존슨(1709~1784)은 '법은 대중의 이익을 위해, 인류의 경험 위에서 행동하는 인간 지혜의 최종 결과'라고 평했다.

법은 수세기를 거치는 한 나라의 발전의 역사를 구체화한 것이다. 법률의 기본은 공평성과 유용성 두 가지가 고려돼야 한다.

이탈리아의 성직자 토마스 아퀴나스(1225~1274)는 '법은 공동사회를 돌보는 자에 의하여 만들어진, 공동의 이익을 위한 이성(理性)의 명령'이라고 서술했다.

미국의 성직자 헨리 W. 비처(1813~1887)는 '법률은 주인이 아니라 하인이다. 법을 지키는 자만이 법을 지배한다'고 했다. 또 유대 격언에 '법을 존중하되 재판관을 존중하지 말라'는 말이 있다.

아무리 엄한 법률일지라도, 게으른 자를 부지런하게, 낭비하는 자를 절약하게, 취해 있는 자를 술이 깨게 할 수는 없다.

57

사람이 된다는 것은 바로 책임을 안다는 것이다. 사회를 지탱하는 원동력은 사회를 구성하고 있는 구성원들의 책임 완수에 있다.

사람의 일생을 통하여 가장 명예스러운 일은 자기 책임을 다한 뒤에 오는 성공이다. 위대한 사람 치고 책임을 다하지 않은 사람이 없으며 큰 책임을 다한 사람이라야 큰 인물이 될 수 있다.

한국의 독립운동가 도산 안창호는 '그 민족 사회에 대하여 스스로 책임감이 있는 자는 주인이요 책임감이 없는 자는 여객이다' 라고 했다. 책임감은 주인 관념인 것이다. 책임은 돈으로 살 수 없다.

어느 조직이든 조직원이 책임을 다하지 않을 때 그 조직은 절대 생명력을 유지할 수 없다. 책임은 피한다고 해서 피할 수 있는 일이 아니기 때문이다.

58

·

　정부란 무엇인가. 그것은 국민과 주권자 사이에서 상호 연락을 취하고 법의 집행과 시민적 자유, 그리고 정치적 자유의 유지를 위탁받은 중간 단체다.

　미국의 제35대 대통령 존 F. 케네디(1917~1963)는 '효과적인 정부의 기초는 대중의 신뢰다'라고 했다. 또 미국의 법학자 조셉 스토리(1779~1845)는 '정부의 임무는 행복을 주는 것이 아니라, 사람들에게 스스로 행복을 위하여 일할 기회를 주는 것이다'라고 했다.

　좋은 정부보다 더 좋은 것이 한 가지 있는데, 그것은 국민 전체가 역할을 갖는 정부인 것이다.

　어떤 정부가 훌륭한 정부인가. 그것은 바로 우리 자신을 스스로 통치하도록 가르쳐주는 정부다.

59

돈을 사랑하는 것, 그것은 모든 악의 뿌리가 된다.

즉 악의 근원은 바로 돈 자체가 아니라 그 돈에 대한 애착이다.

부유한 사람일수록 돈에 대한 집착이 더 강하다. 그래서 끊임없이 더 많은 재물을 탐하게 된다. 그것은 결국 스스로를 가난한 상태로 만들 뿐이다.

독일의 철학자 쇼펜하워는 '부유함은 바닷물과 같다. 마시면 마실수록 목마른 것이다' 라고 했다.

사람이 현명하면 돈을 벌고, 돈을 벌면 어리석어진다는 말이 있다. 부자는 돈의 노예가 되기 싶다. 돈에 대한 알맞은 탐닉이 반드시 해로운 것은 아니지만 너무 지나치게 탐닉하면 정신을 해치게 된다.

60
·

톨스토이(1883~1945)는 ‘인간은 어떤 것에서보다 사고
(思考)에서 더 고통을 받는다. 괴로움은 생리적으로나 정
신적으로 인간이 발전해 가는 데 없어서는 안 될 조건’이
라고 말했다.

고통 속에서 그것을 이겨내기 위해 즐거운 마음으로 안
간힘을 쓰는 사람은 진정 자신의 마음을 쓸 줄 아는 사람
일 것이다.

에이레의 시인 오스카 와일드(1854~1900)는 ‘생명의 비
밀은 외로움이다. 더 깊은 인간이 되었다고 하는 것은 괴
로움을 겪은 인간만이 가질 수 있는 특권’이라고 했다.

인생이 평온 무사하기만 하다면 즐거움이 어떠한지를
깨닫지 못할 것이다.

괴로움은 우리에게 즐거움을 인식시켜 주고 즐거움은
우리에게 괴로움을 인식시켜 준다.

내일 걱정은 내일에 맡겨라. 하루의 괴로움은 그날에
겪는 것만으로 족하다.

충북 보은군 내속리면 상판리에 있는 천연기념물
제103호인 「속리의 정이품 소나무」.

백성의 마음을 얻으려면
백성이 원하는 바를 몰아다 주고,
싫어하는 것을 시행하지 않는 것이다.

61

우리는 마음속에 여러 심상을 만들어 낸다. 실망, 걱정, 원한 등의 감정이 자리잡을 때도 있으며 평화, 선의, 관용 등의 감정이 있을 수도 있다.

영국의 철학자 D. 흄(1711~1776)은 '마음은 일종의 극장이다. 거기서는 온갖 지각이 나타난다. 사라져서는 되돌아와 춤추고 어느새 뒤섞여져서는 여러 정세나 상황을 만들어 낸다' 라고 했다. 마음은 생각나는 대로 몸을 잡아끈다. 그래서 마르틴 루터(1483~1546)는 '우리가 매일 수염을 깎아야 하듯 마음도 매일 다듬지 않으면 안된다. 한번 반성하고 좋은 뜻을 가졌다고 그것이 늘 우리 마음속에 있는 것은 아니다. 어제의 뜻을 오늘 새롭게 하지 않으면 그것은 곧 우리를 떠나고 만다. 어제의 좋은 뜻은 매일 마음속에 새기며 되씹어야 한다' 고 말했다.

《법화경》에도 '쇠녹은 쇠에서 생긴 것이지만 차차 쇠를 먹어 버린다. 마찬가지로 옳지 못한 마음은 그 사람 자신을 먹어 버리게 된다' 고 설파했다. 마음을 향상시키기 위해서는 학문보다는 명상이 필요하다.

62

·

지혜를 갖는 것은 최대의 덕(德)이다. 지혜란 사물의 본성에 따라서 이해하고, 진실을 말하고 그리고 행하는 것이다. '약이 만들어질 때 독이 들어가는 것처럼, 덕(德)이 이루어질 때는 부덕(不德)이 들어간다. 지혜란 덕과 부덕을 잘 조화하고 그것으로써 인생의 불행에 대해서 쓸모 있게 한다'고 프랑스의 작가 라 로시푸코는 재미있게 표현했다.

가장 아름다운 지혜는 지나치게 영리함이 없는 데 있다. 청년기는 지혜를 연마하는 시기요, 노년기는 지혜를 실천하는 시기다. 《주역》에 보면 '덕이 적으면서 지위가 높고, 지혜가 없으면서 꾀하는 것이 크면 화를 당하지 않는 자가 드물다'고 돼 있다.

지혜는 의견에서 드러나고 교양은 말투에서 드러난다. 지혜는 나이가 아니라 역량으로 얻어지는 것이다. 인간이 현명해지는 것은 경험에 대처하는 능력에 따라 좌우된다. 사람이 오래면 지혜가 되고 물건이 오래면 귀신이 된다고 한다.

63
·

《맹자》〈이루편〉에 '걸왕과 주왕이 천하를 잃음은 그들의 백성을 잃은 것이다. 그들의 백성을 잃은 것은 백성들의 마음을 잃은 것이다. 천하를 얻음에는 방법이 있으니, 그 백성을 얻으면 곧 천하를 얻게 되는 것이다. 그 백성을 얻음에 도가 있으니, 그 백성의 마음을 얻으면 백성을 얻는다. 그 백성의 마음을 얻는 데는 길이 있으니 백성이 원하는 바를 몰아다 주며, 싫어하는 것은 시행하지 않는다는 것뿐이다.

백성이 어진 사람에게 돌아감이 마치 물이 아래로 흐름과 같고 짐승이 넓은 들로 달려나가는 것과도 같다'는 말이 있다.

이 말은 제왕(帝王)의 실민필망(失民必亡)과 범인(凡人)이 득민필득천하(得民必得天下)하여 제왕 됨의 이치를 역사에 있는 사실을 근거로 하여 설명한 맹자의 말로, 천하의 주인이 결국 백성이라는 것을, 그리고 백성의 마음이 곧 천하를 얻으려는 이들의 하늘이라는 것을 잘 나타낸 것이다.

우리는 아름다운 하루하루를 허송하고 불길한 어떤 날을 맞이하였을 때 비로소 지난날이 다시 한번 안 돌아왔으면 하고 염원하기 일쑤다.

과거·현재·미래는 떨어져 있지 않고 연결되어 있다. 과거를 기억하지 못하는 사람은 그 잘못을 다시 반복하는 어리석음을 범하게 된다.

독일의 작가 괴테는 '과거를 잊은 자는 결국 과거 속에 살게 된다'고 했다.

지나가 버리는 것은 지나가 버리는 것이 되지만, 지나가 버리는 것으로 그대로 두어서는 안 된다. 과거 외에 확실한 것은 없다. 미래를 알려거든 먼저 지나간 일을 살펴야 한다.

미래에 대한 최선의 예언자는 과거다. 과거는 부적절성과 애매한 결말이 없는 하나의 예술작품이다.

65

영국 속담에 '쉽게 약속하는 사람은 쉽게 잊어버리는 사람이다'라는 말이 있다. 약속을 지킨다는 것은 옛날이나 지금이나 중요한 일임에 틀림없다. 자기에 대한 상대의 신뢰가 두터우면 두터울수록, 또 그 약속이 중대하면 중대할수록 그것을 지키지 못했을 때의 피해는 크다. 당연히 상대의 불신이나 분노도 클 것이다.

약속처럼 하기는 쉬우나 이행하기 힘든 것도 없다. 영국 태생의 캐나다 시인 서비스(1874~1958)는 '이미 정한 약속은 갚지 않은 부채(負債)다'라며 약속의 중요성을 표현했다.

일단 남과 약속한 일을 이행하지 않을 때는 그것이 법적 책임을 동반하지 않더라도 최소한 자기 자신을 괴롭히는 만큼의 짐은 남는다. 많은 약속은 결국 신용을 해칠 뿐이다.

66

인간을 부패하게 하는 세균은 권력과 돈과 명성이다. 사람이 관직에 눈독을 들이면 언제나 행위에 부패가 시작된다. 부패는 어느 때나 모든 낭비와 혼란의 근원이 되며 우리의 군대로부터는 힘을, 의회로부터는 지혜를, 사회집단으로부터는 권위와 신용을 빼앗아 간다.

영국의 정치가 윌리엄 유어트 글래드스턴(1809~1898)은 '국가의 부정(不正)은 국가 몰락의 지름길이다'라고 지적했다. 참으로 고위층의 부정은 가장 큰 죄악이다.

부정이 번식하면 사회는 붕괴한다. 부정의 이득은 화근이 되는 법이며 부정으로 얻은 것은 널리 나누어 가질 수 없는 것이다.

부정은 어느 누구에게도 이로울 것이 없고, 정의는 어느 누구에게도 해로울 것이 없다.

67

허영심은 제6의 감각이라는 말이 있다. 허영심이 강한 사람은 남들보다 뛰어나 보이고 싶다는 생각보다는 자기가 우수하다는 생각에 더 사로잡혀 있기 때문에 자기 기만이나 자기 모략 등 어떤 수단도 가리지 않는다.

영국의 작가 무어(1853~1933)는 '잔인은 고대의 악덕이고 허영은 현대세계의 악덕이다. 허영은 최후의 질병이다' 라고 했다.

어리석은 행실과 허영심은 헤어질 수 없는 반려자다. 자기 동료들에게 사랑받고, 평가되고, 칭찬받고, 존경받으려는 욕망은 인간의 마음속에서 가장 예리한 성질 중의 하나다.

허영심이 강한 사람은 자존심을 갖기 쉽고, 실제로 자기는 모든 사람들에게 귀찮은 존재임에도 불구하고 모든 이에게 즐거움을 준다고 망상하기 쉽다.

영국 격언에 '허영은 꽃을 피울 수 있을지언정 열매는 맺지 못한다' 는 표현이 있다. 그러나 인간이 허영심이 없이 살아가기는 거의 불가능하다.

68

가장 훌륭한 언쟁(言爭) 방법은 언쟁을 회피하는 것이
다. 진정한 논쟁자들은 참된 스포츠맨들과 마찬가지로
그들의 모든 기쁨을 추적하는 데 있다.

논쟁(論爭)의 가장 큰 매력은 상대방이 아니라 자기 자
신의 의견을 발견하는 데 있다.

그리스의 서정 시인 이비코스(BC 550경)는 '논쟁에는
이성도 우정도 필요치 않다'고 지적했다. 언쟁을 통하여
무식한 사람을 이겨낸다는 것은 불가능한 일이다.

'논쟁에는 귀를 기울이라. 그러나 논쟁에 끼어들지는
말라. 아무리 작은 말이라 할지라도 노여움이나 격정이
일어난다는 것을 경계하라'고 고골리(1809~1852)는 충고
하고 있다.

논쟁이란 언제나 진리를 밝히는 것이 아니라 더욱 혼란
에 끌어넣고 마는 성질이 있다.

69

충실하고 현명한 벗보다 좋은 친구는 없다. 어떤 친구라도 자신을 위해 얼마간은 도움이 된다. 그리고 친구들 사이에는 모든 일이 잘 된다. 어떤 친구도 또 다른 친구만큼 가치가 있다.

그러나 다른 사람들이 그를 친구로 원하도록 하기 위해서는 그들의 마음을 사야 한다. 여기에는 호의의 표시보다 더 강력한 마술은 없다. 스페인의 작가 발타자르 그라시안(1601~1658)은 '친구를 가져라. 친구는 제2의 삶이다'라는 말로 친구의 중요성을 강조했다.

단 한 사람의 고귀한 친구조차도 갖지 못한 사람은 사는 값어치가 없는 사람이다. 참다운 친구는 불행에 부딪쳤을 때 비로소 알게 된다. 좋은 벗을 만든다는 것은 큰 자본을 얻음과 같다.

70

홀륭한 조직체와 그러지 못한 조직체간의 차이는 구성원 개개인이 자신에게 요구되어 있는 것 이상의 성과를 내려고 하는 투지의 유무에 달려 있다. 자기의 능력에다 의욕을 더해 줄 줄 모르는 사람은 정말로 쓸모 없는 사람이다.

중국의 정치가 장개석(蔣介石:1887～1975)은 '인간이 투지를 잃어버리면 그것은 그 사람의 죽음의 선고다' 라고 했다.

인생에 있어서 기회가 적은 것은 아니다. 그것을 볼 줄 아는 눈과 붙잡을 수 있는 의지를 가진 사람이 나타나기까지 기회는 잠자코 있는 것이다.

투지가 없는 사람은 정신적으로 죽은 사람이다. 의욕 있는 사람이 능력 있는 사람보다 더 많은 성과를 올린다.

개도 부지런해야 더운 똥을 얻어먹는다는 속담이 있다. 부지런해야 일이 되는 법이다. 생존이라는 성공을 하는 사람이란, 착실히 자기 목표를 알고 빗나가지 않게 그것을 겨누는 사람이다.

성공의 비결은 첫째, 남의 험담을 결코 하지 않고 장점을 들추어 주는 데 있으며, 둘째는 그 지망하는 것이 일정하고 변하지 않는 데 있다.

사람들이 성공을 못하는 것은 처음부터 끝까지 외곬으로 나아가지 않았기 때문이지 성공의 길이 험악해서가 아니다. 한 마음 한 뜻은 쇠를 뚫고 만물도 굴복시킬 수 있는 힘이 있다.

셋째, 기다릴 줄 아는 것이다.

넷째, 자기를 신뢰하는 것이다.

만족하게 살고 때때로 웃으며 많이 사랑한 사람이 성공한다.

돈이 또 돈을 버는 것처럼 성공은 또 다른 성공을 가져온다.

72

명예가 소중한 것이긴 하지만 그것을 자기 스스로 추구한다고 해서 되는 일은 아니다. 사람이 명예를 얻기 위하여 애를 쓴다면 오히려 불명예가 되는 경우도 있다.

명예는 자기 스스로가 얻을 수 있는 것이 아니라 남이 씌워 주는 월계관인 것이다. 따라서 명예를 좇아 다니는 일은 한없이 어리석은 것이다.

명예는 정직한 수고(手苦)에서 나오는 것이며, 명예를 얻는 비결은 정도(正道)를 걷는 데 있다. 적합한 것은 명예롭고 명예로운 것은 적절하다.

명예란 양심이며 그 중에서도 열렬한 양심이다. 로마의 정치가 키케로(BC 106~43)는 '명예는 미덕의 보상이다' 라고 했다.

명예는 바로 양심을 지키며 사는 속에서 자기도 모르게 자라는 영광의 풀이다.

73

가난하다는 것은 결코 매력적인 것도 교훈적인 것도 아니다. 그렇다고 가난이 인간으로서 수치스러운 것 또한 아니다. 가난은 단지 불편한 것에 불과하다.

영국의 목사 허버트는 '가난은 죄악이 아니다' 라고 했다. 가난하다고 해서 스스로 얕보고 비웃지 말아야 한다. 가난하기 때문에 인내를 알게 되고 따뜻한 마음을 가질 수 있는 것이다.

영국 금언에도 '가난은 사람을 분발케 한다' 고 했다. 가난은 지혜 없는 자를 지혜롭게 하기 위한 시련의 길인지도 모른다.

가난하다고 하여 결코 불명예로 여길 것이 아니다. 문제는 그 가난의 원인이다. 가난이 나태나 제멋대로의 고집, 어리석음의 결과에서 나온 것이라면 진실로 수치스럽게 생각해야 할 것이다. 빈곤에 견디는 사람은 많지만 부귀에 견디는 사람은 적다.

74

사심 없는 지적 호기심은 진정한 문명의 활력소다.

영국의 철학자 화이트헤드(1861~1942)는 '문명의 일반적 정의—문명화한 사회는 진실·미·모험·예술·평화의 다섯 가지 특질을 나타낸다'고 했고, 에머슨은 '문명의 진정한 시금석은 인구 조사도 아니요, 도시의 크기도 아니며, 농작물의 수확고도 아니다. 다만 그 나라가 배출시키는 사람의 종류이다. 문명이 생긴 것은 순전히 여성의 감화력에 의한 것'이라고 했다.

하비(1545경~1630)는 '문명이란 요컨대 자연에 대한 일련의 승리'라고 묘사했고, 중국의 손문(1866~1925)은 '선지선각자(先知先覺者)는 창조하는 사람이며, 후지후각자(後知後覺者)는 선전하는 사람이며 부지불각자(不知不覺者)는 실행하는 사람이다. 이 세 가지의 사람들이 서로 협력함으로써만이 인류의 문명은 하루에 천리를 달리는 세력으로 진보한다'고 말했다.

충북 괴산군 청천면 삼송리에 있는
천연기념물 제290호인
「괴산 청천면의 소나무」.

군자는 생명을 버려서라도
큰 뜻을 지키려고 하지만
소인은 큰 뜻이나 의리, 정의보다는
자기 이익을 중심삼고 행동한다.

75

마음은 모든 일의 근본이다. 마음은 주(主)가 되어 모든 일을 조정한다. 마음속으로 악한 일을 생각하면 그 말과 행동도 또한 악하게 된다. 마음이 선량하면 모든 것이 좋아진다.

미국의 정치가 D. 웹스터(1782~1852)는 '마음은 모든 것의 위대한 지렛대다'라고 했다. 잘되고 못되고, 죄를 범하고 범하지 아니하고는 모두 나 자신에게 달려 있다. 마음만 올바르면 죄악이라는 좁은 길을 벗어나 넓은 길로 나설 수 있다. 굳은 마음가짐이라면 앞에 닥친 재난도 휘어잡을 수 있다. 의지가 있는 사람이라면 도리어 그 재난을 건설적인 가능성으로 뒤바꿀 수 있는 것이다. 행복과 불행은 모두 마음에 달려 있다.

마음을 닦은 사람은 스스로 비굴하지도 않고 또 스스로 뽐내지도 않는다. 자신을 귀하게 생각함으로써 남을 천하게 생각하지 않으며, 스스로가 크다 하여 남의 작음을 비웃지도 않는다. 힘으로 타인의 마음을 다스리는 사람은 폭군이고 타인에게 마음을 예속시키는 사람은 노예다.

76

'양심이 없는 지식은 인간의 혼을 멸망케 한다'고 프랑스의 희극 작가이며 풍자 시인인 F. 라블레(1493경∼1553경)는 말했다.

양심은 우리에게 누군가가 보고 있을지도 모른다고 타일러 주는 내부의 소리다. 재물의 부족은 채울 수 있지만 영혼의 빈곤은 회복할 수 없다.

지식은 사람에게 필요한 무기다. 사실 지식은 덕성(德性) 다음으로 실제 본질적으로 한 인간을 성장시켜 나가는 것이다. 지식 없는 열중은 빛 없는 불과 같은 것이다. 정의를 떠난 지식은 지식이라기보다는 교활이라고 일컫는 편이 낫다.

미덕(美德)이 인도하지 않는 지식은 어리석다. '지식을 매일 향상시키지 않으면 나날이 줄어든다'는 중국 격언이 있다. 지식이란 그 수확이 줄어들지 않는 유일한 생산 수단이다.

자녀에게는 황금보다는 양심이라는 훌륭한 유산을 남겨야 한다.

77

'인간의 성격을 판단하는 데 가장 좋은 지표는 다음과 같다. 첫째, 자기에게 아무 이익을 줄 수 없는 사람을 어떻게 대우하는가. 둘째, 대항할 힘이 없는 사람을 어떻게 대우하는가를 보면 안다'고 반 뷰렌은 정의했다.

성격이란 하나의 습관이다. 그것은 깊이 생각하는 것이 아니라 혼으로부터 배어 나오는 일정한 행위다.

이집트 격언에 '좋은 성격이 불안을 막아 준다'라는 표현이 있는데, 어찌 보면 성격에 한두 가지 결점이 있어야 사랑스럽게 느껴지기도 한다.

플루타르코스(46~120)의 《영웅전》에는 '사람의 성격을 평가하는 가장 정확한 척도는 정권을 잡은 직후의 행동을 보면 된다'고 쓰여 있고, 에이브러햄 링컨은 '성격은 나무와 같은 것이며 세상 평은 그 그림자와 같은 것이다. 그림자는 그것에 대한 우리의 생각이며, 나무는 진짜 성격이다'라고 했다.

우리의 성격은 우리 행위의 결과다.

78

'군자는 큰 뜻을 밝히고 소인은 이득을 밝힌다.'《논어 (論語)》〈이인(里人)편〉에 나오는 말이다.

정신을 추구하느냐, 물질을 추구하느냐, 정의편에 서느냐, 이익을 좇아 행동하느냐는 군자(君子)와 소인(小人)을 가름하는 기준이다.

군자는 생명을 버려서라도 큰 뜻을 지키려고 한다. 반면 소인은 큰 뜻이나 정의, 의리보다는 자기 이익을 중심 삼고 행동한다.

군자는 학문과 덕행을 바탕으로 행동하고 큰 뜻을 펼치기 위해 어진 사랑과 어진 정치로 모든 사람을 잘살게 해주려고 노력하는 지식인 엘리트다. 한편 소인은 내 한 몸만 생각하고 현실적이고 물질적인 가치에만 집착하는 자기 중심적 이기주의자다.

군자는 재물을 전 국민, 전 인류를 위해 쓰겠다고 생각하는 반면, 소인은 이 재물을 독차지하고 나 혼자만 잘 먹고 잘 살자고 한다.

밝은 사회건설을 위한 의로운 물질관이 필요하다.

79

참된 것은 현실 속에 있다. 우리를 교육하는 사람은 우리의 현실이다. '인간은 의연히 현실의 운명을 견디어 나가야 한다. 거기에 일체의 진리가 숨어 있다'고 네덜란드의 화가 빈센트 반 고흐(1853~1890)는 말했다.

모든 활동적인 사람은 꿈을 좇는 사람이다. 현실이 꿈과 일치할 경우는 드물다. 그러나 오로지 꿈만이 목적을 고귀하게 만든다.

꿈이 있는 유머는 머리로부터 나온다기보다 마음으로부터 나온다. 그것은 웃음에서 나오는 것이 아니라 훨씬 깊숙이 놓여 있는 조용한 미소로부터 나온다. '현실에 꿈과 유머를 가한 것이 지혜다'라고 중국의 문학가인 임어당(林語堂:1895~1976)은 말했다.

지혜는 최선의 방법으로 최선의 결과를 추구함을 의미한다.

80

　반갑고 좋은 손님을 가빈(家賓)이라 한다. 또 입막지빈(入幕之賓)이라 하여 침실에 친 장막 속에까지 들어오는 손님을 뜻하는 말도 있다. 그러나 웬만해서는 '가빈'이나 '입막지빈'의 대접을 받기가 쉽지 않다. 손님으로서 소홀한 대접을 받게 된다면 그것은 그 당사자에게도 문제가 있는 것이다.

　미국의 정치가 벤저민 프랭클린(1706~1790)은 '생선과 손님은 사흘만 지나면 악취를 발한다'고 했다. 오래 머물면 사람이 천하게 보일 수 있으며 자주 찾아가면 친한 것도 멀어질 수가 있다.

　손님으로 가서 푸대접을 받는다는 것은 작지 않은 상처일 수 있다. 그러나 손님이란 환영받을 수 있는 손님이라야 아름다운 것이다.

　손님으로서 오래 머물면 실례가 될 수 있음을 항상 명심해야 한다.

81

·

은혜를 베푸는 사람과 그 혜택을 받는 사람의 감정에는 엄청난 차이가 있다. 은혜를 베푸는 사람일수록 그 사실을 의식하지 말아야 함에도 사람들은 그렇게 하지 못한다. 또 혜택을 받는 사람도 마찬가지다.

독일의 시인 괴테는 '자기가 은혜를 베푼 사람을 만나면 곧 그 일을 생각하게 되는 법이다. 그런데 자기에게 은혜를 베풀어 준 사람을 만나면 그것을 생각해 내지 못하는 일이 얼마나 많이 있는가' 라고 꼬집었다.

은혜는 베푸는 것으로 끝나는 것이지 보답을 바란다면 그것은 이미 은혜일 수가 없다. 그래서 프랑스의 극작가 P. 코르네유(1606~1684)는 '은혜는 말을 하면 매력이 사라진다' 라고 은혜의 속성을 표현했다. 은혜를 베푸는 자는 그것을 감추어야 한다는 것이다.

세상에는 부정을 저지르는 자가 수없이 많다. 뇌물을 받거나 남의 것을 훔치거나 남을 속여 이익을 챙기는 등 수없이 많다. 그러면서도 어떤 사람은 벌을 받게 되고 또 어떤 사람은 교묘히 법망을 빠져나가는 경우가 있다. 그러나 그것은 잠시일 뿐이다. 언젠가는 다시 법망에 걸려 들게 되어 있다.

미국의 철학자 에머슨은 '죄와 벌은 같은 줄기에서 자라난다. 벌(罰)이란 향락의 꽃이 그 속에 숨기고 있었던 것을 모르는 사이에 익혀 버린 과일이다' 라고 했다.

죄를 지어 보라. 이 세상은 유리로 만들어져 있음을 알게 될 것이다. 죄와 벌은 동시에 일어나지 않지만 언제나 함께 있다.

83

조선시대의 학자 박영(朴英:1471~1540)은 '입은 재앙과 행복을 불러들이는 문턱으로서, 특히 나라의 정교(政敎)와 사람들을 헐뜯고 칭찬하는 일은 삼가 입 밖에 내지 말라'고 했다.

《법구경》에도 '말은 착하고 부드럽게 하라. 악기를 치면 아름다운 소리가 나오듯이 그렇게 하면 몸에 시비가 붙지 않고, 세상을 편안히 살다 가리라'고 표현되어 있다. 또 고려시대의 문장가 이규보(1168~1241)도 '성인은 사람을 두려워하지 않고 오직 입을 두려워한다. 진실로 입만 삼가면 행세하는데 무슨 두려움이 있겠는가' 하였다.

훌륭한 말 한마디가 평생을 좌우한다.

영국 속담에도 '현명한 자는 긴 귀와 짧은 혀를 가지고 있다'고 했다.

군자는 교분이 끊어지더라도 나쁜 말을 하지 않는 법이며, 말은 무디고 행동에는 민첩하다.

84

'가난해져야 아내의 이점을 알게 된다'는 말이 《사기
(史記)》에 있다. 집이 가난해지면 어진 아내를 생각한다
는 뜻이니, 넉넉히 지낼 때와는 달리 궁박한 지경에 이르
면 어진 관리자를 생각하게 된다는 뜻이다. 누가 어진 아
내를 얻을까. 그 값은 진주보다 더 귀하다.

베이컨은 '아내는 젊은이에게는 연인이고 중년 남자에
게는 반려자이며, 노인에게는 간호원이다'라고 말했다.
어진 아내는 마음을 기쁘게 하고 예쁜 아내는 눈을 즐겁
게 한다. 《팔만대장경》에는 '아내는 영원한 남편의 누님
이다'라고 했다. 정숙한 아내는 가장 진실하고 애정이 있
는 벗이다. 양처(良妻)와 건강은 최상의 재보인 것이다.

영국 격언에 '좋은 아내를 갖는 것은 제2의 어머니를 갖
는 것과 같다'고 했다.

선량한 아내는 선량한 남편을 만든다. 남편에게 번민이
없는 것은 아내가 어질기 때문이다.

폭력은 정의의 적이며 사회를 파괴하고 동포 관계를 불가능하게 한다. 두 개의 평화스런 폭력이 있는데 법률과 예의법도가 바로 그것이다.

인도의 민족주의자인 간디(1869~1948)는 '세계는 너무 살생으로 가득 차 있다. 그러나 인간의 길은 폭력이 아니라 비폭력이다. 비폭력은 인류의 규범이고 폭력은 동물계의 법칙이다. 비폭력은 어떤 것도 맞서지 못하는 강력한 무기요, 인류의 최고선이다. 비폭력이라는 것은 악을 행하는 인간의 의지에 순순히 복종하는 것이 아니라, 폭력을 쓰는 자의 의지에 대해서 전 영혼을 내던지는 것이다'라고 말했다.

비폭력은 간디의 신앙의 제일조며 강령의 마지막조였을 정도로 인도의 독립운동을 추진하는 데 있어서도 무저항주의로 일관했다.

프랑스 격언에 '폭력이 폭군을 낳고 온화한 권위가 왕을 낳는다'는 말이 있다. 비폭력은 사람으로서 할 수 있는 가장 완벽한 자기 정화다.

86
·

직장에서 어떤 직책을 맡았을 때, 처음엔 누구나 성심껏 그 일을 처리하지만 지위가 높아질수록 게으름을 피운다. 질병도 그렇다. 초기엔 열성으로 몸을 조심하다가도 나을 듯 싶어지면 방심한다. 모든 사고는 예방하지 않은 게으름에서 비롯되는 것이다.

영국의 소설가 S. 리처드슨(1689~1761)은 '게으름은 녹과 같다. 그것이 신체를 녹슬게 함이란 노동이 이를 피로하게 함보다도 빠르다. 이에 반하여 언제나 사용하는 열쇠는 늘 빛난다' 라고 충고했다.

사람의 정신 속에서 가장 강력한 것은 게으른 마음이다. 그것이 한번 고개를 들면 힘찬 정열도 삼켜 버린다. 우리의 미래까지 그 손아귀에서 좌우되기 쉽다.

농작물의 성장을 방해하는 것은 잡초가 아니라 경작자의 태만이다. 가난은 사람을 만들고 게으름은 악을 만든다. 프랑스의 희극작가 쥘 르나르(1864~1910)는 '우리의 게으름에 대한 벌로써 타인의 성공이 있다' 고 했다.

위엄이란 의젓하고 엄숙한 모습을 말하는 것이다. 그러
나 그 위엄이 처음과 끝이 한결같다면 그것은 이미 위엄
이 아니라 공포의 대상일 수가 있다. 인위적으로 고압적
인 자세가 되어 상대를 압박하는 것은 위엄이 아니다.

스웨덴의 크리스티나(1626~1689) 여왕은 '위엄은 향기
와 같은 것, 위엄을 활용하는 자는 그것을 거의 의식하지
않는다'라고 했다.

위엄은 무의식중에 상대방이 느끼게 되거나 상대방을
압도할 수 있는 능력이다. 그런 위엄은 곧 관대함을 수반
하게 된다. 따라서 위엄은 처음엔 엄격하게 시작하여 점
차 관대함으로 나아가야 하는 것이다.

88

무슨 일이든지 처음에는 곤란한 경우가 있다. 그 최초의 고비를 두려워하지 않으면 생각보다 일은 수월하게 되어 나가는 법이다.

사람들은 첫 고비를 두려워하기 때문에 능히 할 만한 일을 어렵다고 해서 하지 않는다. 최대의 곤란은 우리가 그것을 구하지 않는 데 있는 것이다.

인생의 시초는 곤란이다. 그러나 성실한 마음으로 물리칠 수 없는 곤란은 없다. 많은 곤란에 접한 경험이 있는 사람은 지식도 풍부하며 파란곡절에 숙달한 자는 쉬이 굴하지 않는다.

영국의 정치가 처칠은 '극복된 곤란은 승리의 기회다'라고 했다. 온갖 곤란을 넘어서야 안식이 있는 것이며 곤란이 클수록 영광도 큰 것이다.

경북 청도군 매전면 동산리에 있는 천연기념물
제295호인 「청도 매천면의 처진 소나무」.

하늘이 큰 일을 맡기는 명을 내리려면
반드시 그 사람의 심지를 괴롭히고
근골을 수고롭게 하고 육체를 굶주리게 하는데
이는 그가 더 많은 일을 할 수 있도록 하기 위함이다.

기쁨이 없는 인생은 기름 없는 램프다. 기쁨은 인생의 요소고 인생의 욕구며 인생의 활력이고 인생의 가치다. 사람은 기쁨에 대한 욕구를 갖고 기쁨을 요구할 수 있는 권리를 가지고 있다. 마음의 기쁨은 사람에게 생기를 주고 쾌활은 그의 수명을 연장시킨다.

독일의 교육자 조지 롤렝하겐(1542~1609)은 '이 세상의 기쁨은 완전한 것이 아니다. 기쁨에는 고통의 맛이 섞여야 하고 벌꿀에는 쓴 즙이 섞여야 한다'고 했다. 또 스위스의 철학자 힐티도 '많은 고통을 참고 견뎌온 사람만이 진정한 기쁨을 맛볼 수 있다. 그 밖의 다른 사람들은 단순한 쾌락을 알고 있는 것에 지나지 않는다'고 했다. 어떠한 기쁨도 등에는 고통을 업고 있다.

기쁨이 벅차면 너무나 슬플 때와 마찬가지로 말이 없다. 내가 알고 있는 가장 큰 기쁨은 선행을 몰래 하고 그것이 우연히 드러나는 일이다.

재산을 모으거나 잃는 것은 한마디 말로 충분하다. 짧은 말에 오히려 많은 지혜가 감추어져 있다. 말은 인류가 사용한 가장 효력 있는 약이다.

아라비아 격언에 '가장 좋은 말은 오래 생각한 끝에 한 말이다. 그렇기 때문에 사람이 말을 할 때는 침묵보다 더 좋은 내용이 있어야 한다' 는 구절이 있다. 또 독일 격언에는 '옷감은 염색에서, 술은 냄새에서, 꽃은 향기에서, 사람은 말투에서 그 됨됨이를 알 수 있다' 는 말이 있다.

사람이 깊은 지혜를 갖고 있으면 있을수록 자기의 생각을 나타내는 그의 말은 더욱더 단순하게 되는 것이다. 말은 사상의 표현이다.

말을 옳게 사용하는 사람은 과오를 범할 일이 없다. 친절한 말은 봄날 햇볕처럼 따사롭다. 말할 줄을 알면 말해야 할 때도 알게 된다.

91

'뛰어난 재주는 어리석음으로 감추고, 지혜는 드러내지 않으면서도 명철함을 잃지 않으며, 청렴은 오히려 혼탁 속에 깃들게 하고 굽힘으로써 몸을 펴는 것, 이것이야말로 세상을 건너는 구조선이며 몸을 보호하는 안전지대가 된다'는 말이 있다. 인간을 드높이는 것은 무엇을 하는가가 아니라 무엇을 하고자 하는가이다.

위대한 포부가 위대한 사람을 만든다. 세우지 않을 수 없는 것은 뜻이지만, 뜻을 세웠다고 해도 굳세게 세우지 않으면 물욕에 흔들려 빼앗기고, 여러 사람의 입으로 말미암아 변동되지 않을 수 없다.

굴복할 줄 아는 자는 모든 것을 알고 있다. 먼저 굴복하는 것을 배워라. 굴복이 때로는 최상의 길이다.

따뜻하고 조용한 성격을 지닌 사람은 자기 자신뿐 아니라 타인까지 행복하게 만든다. 천지의 기운이 따뜻하면 만물이 자라나고 추우면 시들게 마련이다. 우리의 성격도 마찬가지다. 마음이 따뜻한 사람은 다른 사람까지 편안하게 해 준다. 마음이 너그럽고 두터운 사람은 모든 이들에게 사랑과 믿음을 불러일으킨다.

프랑스의 시인 볼테르는 '미(美)는 눈을 즐겁게 할 뿐이지만 아름다운 성격은 혼(魂)을 매혹시킨다'라고 말했다. 좋은 성격은 사람들에게서 환영받는다. 그것은 곧 자신을 지킬 수 있는 훌륭한 기술이기도 하다. 아름다운 성격만이 자신과 세상을 지배할 수 있다.

재능은 조용한 곳에서 발달하고 성격은 인간생활의 격류에서 이루어진다.

즐거워해야 할 것을 즐거워하고 싫어해야 할 것을 싫어하는 것은 뛰어난 성격의 가장 위대한 처신이다. 밝은 성격은 어떤 재산보다도 귀하다.

93

《맹자》〈고자편〉에 '순(舜)은 밭 가운데서 기용되었고, 부열(傅說)은 성벽 쌓는 틈에서 등용되었고, 교력(膠鬲)은 생선과 소금 파는 데서 등용되었고, 관이오(管夷吾)는 옥관에게 잡혀 있는 데서 등용되었고, 손숙오(孫叔敖)는 바닷가에서 등용되었고, 백리해(百里奚)는 시정에서 등용되었다. 그러므로 하늘에서 그러한 사람들에게 큰 일을 맡기는 명을 내리려면 반드시 먼저 그들의 심지를 괴롭히고 그들의 근골을 수고롭게 하고, 육체를 굶주리게 하고, 그들 자신에게 아무것도 없게 하여서 그들이 하는 것이 그들이 해야 할 일과는 어긋나게 만드는데, 그것은 마음을 움직이고 자기의 성질을 참아서 그들이 해내지 못하던 일을 더 많이 할 수 있게 해 주기 위해서다' 라는 말이 있다.

정신과 육체를 괴롭혀서 그들로 하여금 분발하여 어려운 일을 견디어 나가도록 단련시킴으로써 종래에는 못할 것으로 생각하던 일을 많이 해낼 수 있도록 만들어 준다는 뜻이다. 바꾸어 말하면 큰 일을 하기 위해서는 무서운 시련을 참고 견디어야 한다는 것이다.

키에르케고르(1813~1855)는 '절망은 죽음에 이르는 병'
이라 했고, 영국의 시인 키츠(1795~1821)는 '낙담은 절망
의 어머니'라고 정의했다.

절망이라는 것보다 더한 신에 대한 불신은 없다. 아무
리 작은 일이라도 아무리 큰 일이라도 그것은 위대한 신
의 계획의 일부이기 때문에 아무리 어려워도 따라가지
않으면 안되는 것이다.

훼날크는 '절대절명으로 피할 길이 없는 불행은 극히
드물다. 아직 벗어날 구멍이 있건만 사람들은 스스로 절
망해 버린다. 인생은 희망에 속느니보다 절망에 훨씬 더
속고 있다'고 말했다.

신이 우리에게 절망을 보내는 것은 우리를 죽이려는 것
이 아니라 우리 속에 새로운 생명을 불러일으키기 위함
이다.

사람을 절망에서 구출해 주는 기쁨을 이해하려면 절망
의 늪에 빠졌던 경험이 있어야 한다. 궁핍한 자에게 먹일
약은 희망뿐이다.

95

겸양이 때로는 성공의 최상책이 될 수 있으며 겸손 없이는 인격 완성이 불가능하다. 라 로시푸코는 '겸손은 사람의 칭찬을 싫어하는 것같이 보이지만 실은 더욱 완곡하게 칭찬받기를 바라는 욕망에 지나지 않는다'고 묘사했다.

쇼펜하워는 '겸양은 평범한 능력을 가진 인간의 경우에는 단순한 성실이지만 위대한 재능이 있는 인간의 경우에는 위선'이라고 독설을 내놓았다.

겸손한 사람은 모든 사람으로부터 호감을 산다. 겸손은 미덕 중에서도 가장 터득하기 힘드는 것이다. 자기 자신을 높이 생각하려는 욕망만큼 여간해서 가라앉지 않는 것도 없다. 부자의 겸손은 가난한 자의 벗이 된다.

겸양은 아름다운 행실이다. 그러나 겸양이 지나치면 공손하고 삼가함을 지나 비굴이 되어 본마음을 의심하게 할 수도 있다.

96

·

승려 시인이자 독립운동가인 한용운(1879~1944)은 '자유는 만유(萬有)의 생명이요, 평화는 인생의 행복'이라고 말했고, '남의 자유를 방해하지 않는 범위에서 자기의 자유를 확장하는 것, 이것이 자유의 법칙'이라고 칸트(1724~1804)는 정의했다. 자유와 평화는 특정한 사람만이 나누어 가질 수 있는 것이 아니라 전 인류에게 요구되는 것이다.

프랑스의 인권선언 제1조에도 '인간은 태어나면서부터 자유롭고 평등한 권리를 갖는다'고 적고 있다. 타인에 대해 자유를 부인하는 사람은 그 자신도 자유를 누릴 가치가 없다. 게오르규(1916~1992)는 '자유를 통하여 사람은 비로소 만물의 영장이 되고, 하나님의 아들이 되며 천사와 대등해지고 모든 존재의 왕이 된다'고 표현했다.

자유란 무엇인가. 옳게 이해하면 선하게 되라는 세계적인 면허장이다. 또한 자유는 책임을 뜻한다. 이것이 대부분의 사람들이 자유를 두려워하는 이유다. 국민이 정부를 소중히 다루는 곳에만 자유가 있는 것이다.

‘무지(無知)는 무죄가 아니고 유죄다.’ 영국의 시인 E. B. 브라우닝(1806~1861)의 말이다. 아무것도 모르는 자는 아무것도 의심치 않는다. 무지하면 옳고 그름을 판단할 수 없어 악행을 범할 수가 있다. 무지는 곧 범죄가 되는 것이다.

셰익스피어는 ‘무식이야말로 신의 저주며 지식은 하늘에 이르는 날개다’ 라고 했다. 무지의 진정한 특징은 허영과 자만과 교만이다.

배움은 선생을 강청할 뿐 아니라 그 자체에서 기쁨을 발견케 한다. 또한 정의를 지키도록 이끌어 주고 그 정의를 추구하게 만든다. 배움은 곧 도리를 깨닫게 하는 것이다. 따라서 배우지 않는다는 것은 사람이기를 거부하는 것과 같다.

＜98＞

　'불평은 하늘로부터 받은 최대의 선물이다.'《걸리버 여행기》의 작가로 유명한 영국의 정치가 조나단 스위프트(1667~1745)의 말이다. 그는 당시의 사회에 대해서 끊임없이 불만을 품고 있던 신랄한 비평가였다. 그는 또 '불평은 썩어빠진 이 영국 사회에서 우리를 조금이라도 구원해 주기 위해 하늘이 베풀어 준 최대의 선물이다' 라고 했다.

　이처럼 긍정적인 면에서 불평 불만을 갖는 것은 진보와 개선의 원천이 되며, 만족은 오히려 진보와 개선을 포기하는 것이라는 의견도 적지 않다.

　나폴레옹(1769~1821)은 '국민이 불평 불만을 멈추면, 국민은 사고를 멈춘다' 라고 했고, 오스카 와일드도 '불평은 개인이나 국가에게든 진보의 첫 단계다' 라고 진정한 의미에서의 불평을 인정했다.

　그러나 우리는 부당하게 겪는 불행에 대해서만 불평할 권리가 있다.

생각과 말과 일은 서로가 연계되어 있다. 생각 없는 말
이 있을 수 없고 말 없이 어떤 일을 행한다는 것은 어려
운 일이다. 그리스의 철학자 데모크리투스(BC 5~4세기)
는 '말은 실행의 그림자다' 라고 말과 행동을 정의했다.
말은 그만큼 어렵고 무겁다는 뜻이다.

'행동은 입보다 크게 말한다' 는 영국의 격언도 있지만
행동 하나하나에 상황은 전혀 예상할 수 없는 곳으로 흐
를 수도 있다. 그래서 행동을 말로 옮기는 것보다도 말을
행동으로 옮기는 것이 훨씬 어려운 것이다.

말은 그 자체만으로도 정신적인 사슬이 되고도 남는다.
말뿐만 아니라 생각 또한 신중해야 한다. 신중한 생각에
서 신중한 말이 나오고 신중한 행동이 있을 수 있기 때문
이다.

100

'힘없는 정의는 무능하며 정의 없는 힘은 압제'라고 프랑스의 철학자 파스칼(1623~1662)이 말했다. 또한 프랑스의 문학가 주베르(1754~1824)는 '정의는 진실의 실현이다'라고 했으며, 영국의 정치가 조지프 애디슨(1672~1719)은 '정의만큼 진정으로 위대하고 신성한 미덕은 없다'고 했다.

정의는 모든 사람에게 자기가 당연히 지불해야 할 것을 하려는 부단하고 영속적인 소망이다.

정의와 함께하는 것은 올바르고, 미(美)와 함께하는 것은 아름답다.

옳은 일을 하다가 박해를 받는 사람은 행복하다. 의로운 사람만이 마음의 평화를 누린다.

정의란 자기에게 어울리는 것을 소유하고 자기에게 어울리게끔 행동하는 것이다.

게으름뱅이일수록 일하는 모습을 보이려고 갖은 수단과 꾀를 다 부린다. 선전으로 속이고 자기의 게으름을 감추려고 한다. 그러면서 자신은 게으름뱅이라고는 생각지 않고 세상이 자기를 잘 써 주지 않는다고 불평을 한다.

영국의 정치가 체스터필드(1694~1773)는 '게으름은 나약한 마음의 피난처이자 바보의 휴일에 지나지 않는다'고 했다. 게으름을 감추려고 하지만 세상에는 눈먼 사람만이 있는 것이 아니다. 언젠가는 그 게으름의 대가가 나타나게 마련이다.

태만은 산 사람의 무덤이라고까지 말한다. 그만큼 게으름은 인생의 좌절을 맛보게 하는 지름길이다.

물이 흐르지 않으면 썩듯이 태만은 둔한 몸을 쇠약하게 한다. 배부르고 따뜻하면 음욕을 생각하게 되고, 굶주리고 추위에 떨면 도(道)의 마음이 싹튼다.

영국의 소설가 사무엘 버틀러(1835~1902)는 '돈은 모든 사람이 그 앞에서 엎드리는 유일한 권력'이라고 정의하였다.

또한 도스토예프스키(1821~1881)는 '돈, 그것은 보잘것 없는 사람을 최고의 지위로 이끄는 유일한 길'이라 했고, 영국의 격언 수집가 존 레이(1628~1705)는 '신이 인간을 만들고 옷은 인간의 외양을 꾸미나 인간을 완성하는 것은 돈'이라고 했다.

한국 속담에도 '돈만 있으면 귀신도 부릴 수 있으며, 돈이 많으면 장사를 잘하고 소매가 길면 춤을 잘 춘다'는 말이 있다.

돈이 무엇보다도 천하다고 하지만 그래도 갖고 싶어하는 것은 그것이 인간에게 재능까지 부여하기 때문이 아닐까.

역시 돈은 인간의 안녕과 행복에 필요한 거의 모든 것의 상징이다. 돈이 없다는 것은 비할 바 없는 고통이다.

세르반테스는 '이 세상에서 가장 훌륭한 토대는 돈'이

라 했고, 셰익스피어는 '돈이 앞서가면 모든 길이 열린
다'고 했다.

　돈은 직접적이고 무한한 가능성이다. 그러나 돈을 벌려
고 하면 돈을 써야 한다. 영국 격언에도 '돈의 가치는 그
것을 소유하는 데 있는 것이 아니라 그것을 사용하는 데
있다'고 서술했다. 또 로마 격언에도 '돈이 말을 하면 진
실이 침묵한다'는 구절이 있다. 의가 끊어지고 친분이 성
기어지는 것은 오직 돈 때문이다.

'고통은 인간의 위대한 교사이며 고통 속에서 영혼이 발육된다'고 오스트레일리아의 작가 에셴바흐(1830~1916)는 말했다.

위대한 사상은 반드시 큰 고통으로 깊이 경작된 마음에서만 이루어진다. 고통을 겪지 못한 사람은 언제나 그대로 천박하고 평범하다. 크나큰 고통이야말로 정신의 최후의 해방자다. 이 고통만이 어김없이 우리를 최후의 깊은 심연에까지 이르게 한다.

아름다운 육체를 위해서는 쾌락이 있지만 아름다운 영혼을 위해서는 고통이 있다. 괴로워하는 영혼을 조소한다는 것은 무서운 일이다. 인간의 영혼은 항상 경작되는 밭과 같은 것이다. 영혼만이 우리를 고상하게 한다.

'추위에 떠는 사람일수록 햇볕을 따뜻하게 느낀다. 인생의 고뇌를 겪은 사람일수록 생명의 존귀함을 안다'고 미국의 민중 시인 휘트먼(1819~1892)은 말했다.

또 독일의 작곡가 베토벤(1770~1827)은 '가장 뛰어난 사람들은 고뇌를 통하여 환희를 얻는다'고 하였다.

한편 도스토예프스키는 '고통과 고뇌는 위대한 자각과 깊은 심정을 가진 사람에게 있어 항상 필연적인 것'이라고 했다.

모든 고통 중에서 가장 심한 것은 사랑한다는 것이다. 고통스러워도 남에게 말하지 말라. 신음하는 부상자에게는 매나 독수리가 덤벼든다. 고통은 미래의 행복을 의미한다. 인간은 제자고 고뇌는 스승이다.

충무공 이순신 장군이 임진왜란 때 호남인의
지혜와 애국심을 칭송하여 「호남이 없었다면
이 나라도 없다」는 글을 남겼다.
「若無湖南是無國家(약무호남시무국가)」

어떤 사람은 마음을 수고롭게 하고,
또 어떤 사람은 몸을 수고롭게 한다.
마음을 수고롭게 하는 사람은 남을 다스리고
몸을 수고롭게 하는 사람은 남에게 다스림을 받는다.

'벗을 불신하는 것은 벗에게 속는 것보다 더 부끄러운 일이다.' 프랑스의 작가 라 로시푸코의 말이다.

시종 변치 않는 벗이란 모든 재산 가운데서도 가장 큰 것이지만 그것은 사람들이 가장 등한히 하는 재산이다. 벗을 만들 뿐만 아니라, 자기 스스로가 우정을 배양하여야 하며 힘써 오래 돌보아주는, 이를테면 우정에 물을 주는 것이 필요하다. 괴로움을 함께하는 것이 아니라 즐거움을 함께하는 것이 친구를 만든다. 참된 벗을 갖지 않는다는 것은 완전히 참혹한 고독이다.

친구들에게 아첨하지 말라. 우리가 소중히 여겨야 하는 성품은 진실을 만나 주눅들지 않는 정직성이다. 허영을 조장하는 사귐은 우정을 파괴한다.

참된 친구는 또 하나의 자기이다. 따라서 벗을 신용치 않는 것은 곧 자신을 신용치 않는 것이다.

프랑스 격언에 '뱀장어는 숙련된 어부의 손에서도 빠져 나온다' 는 말이 있다.

재능은 오랫동안의 노력에 의해서 얻어진 노력의 산물이다.

오스트리아의 철학자 비트겐슈타인(1889~1951)은 '재능이란 신선한 물이 끊임없이 샘솟는 샘물이다. 그러나 그 샘물도 올바르게 사용되지 않으면 가치를 잃는다' 고 평했다.

교육 없는 재능은 한탄스럽고 재능이 없는 교육은 무익하다. 우리의 가장 확실한 보호자는 우리의 재능이다. 사람이 재능을 갖고서도 그것을 발휘하지 못하면 그는 인생살이에 실패한 것이다. 만일 모든 재능을 완전히 발휘하는 것을 터득하였다면 그는 훌륭하게 성공한 것이다.

독일의 시인 하이네(1797~1856)는 '재능은 고독 속에서 이뤄지며 인격은 세상의 거친 파도 속에서 이뤄진다' 고 했다. 너무나 탁월한 성질은 때때로 사회생활에 어울리지 않을지도 모른다.

에이브러햄 링컨은 '뛰어난 재능은 이미 트인 길을 경멸한다. 그것은 아직까지 탐험되지 않은 지역을 추구한다'고 말했다.

모기는 산을 짊어질 수 없고 작대기는 큰 집을 버틸 수 없다.

106

《맹자》〈등문공편〉에 '큰 사람이 할 일이 있고, 작은 사람이 할 일이 있다. 또 한 사람의 몸으로 모든 장인들이 갖춘 기술을 고루 지녀서 반드시 자기가 만들어서 쓴다면 그것은 온 천하의 사람들이 지쳐 빠지게 되는 것이다.

그래서 어떤 사람은 마음을 수고롭게 하고, 어떤 사람은 몸을 수고롭게 한다고 하는 것이다. 마음을 수고롭게 하는 사람은 남을 다스리고, 몸을 수고롭게 하는 사람은 남에게 다스림을 받고, 남에게 다스림을 받는 사람은 남을 먹여 주고, 남을 다스리는 사람은 남한테서 먹는 것이 온 천하에 통용되는 원칙이다' 는 말이 있다. 이 말은 정의에 따른 사회 복무와 그것에 상응하는 물질적인 뒷받침이 있어야 함을 말한 것이다. 이 사회가 제대로 존립하기 위해서는 큰 사람의 일이 있고 작은 사람의 일이 따로 있는 것으로 생각한 것이다. 큰 사람의 일이란 큰 능력을 가진 인물이 다수를 위해 일하는 것을 말함이고, 작은 사람의 일은 상호간에 서로 사귀면서 친밀하게 지내고, 지켜보면서 서로 도와주는 일로, 말하자면 소수를 위해 일하는 것이다.

107

비밀이란 밝은 곳으로 나오기를 싫어한다.

남의 비밀을 발설하는 것은 배반이고, 자기의 비밀을 입 밖에 내는 것은 어리석은 행동이다. 기침과 사랑과 불꽃과 걱정거리는 오래 숨겨 둘 수 없다.

사람들은 언제나 자기 마음속의 비밀을 이야기하고자 한다. 이야기하고 싶어서 이야기하는 사람이 있고, 이야기하고 싶지 않은데도 이야기하는 사람이 있어 유심무심(有心無心)의 차이는 있으나, 결국 마음속의 비밀이라는 것은 오래 숨겨 둘 수가 없는 것이다.

프랑스의 작가 라 브뤼에르(1645~1696)는 '남자는 자기의 비밀보다도 남의 비밀을 성실하게 지킨다. 여자는 그 반대로 남의 비밀보다도 자기의 비밀을 잘 지킨다'고 말했다.

화제가 궁할 때에 자기 친구의 비밀을 폭로하지 않는 자는 드물다.

시간과 운명은 모든 비밀을 폭로한다.

괴테는 '임금이든 백성이든 자기 가정에서 평화를 찾는 자가 가장 행복한 인간'이라고 했다.

모든 행복한 가정은 가족 서로가 닮아 있지만, 불행한 가정은 어느 사람이나 모두 따로따로 놀고 있다. 가정은 행복을 저축하는 곳이지 행복을 채굴하는 곳이 아니다. 얻기 위해 이루어진 가정은 반드시 무너질 것이요, 주기 위해 이루어진 가정만이 행복한 가정이다.

그리스의 작가 소포클레스는 '자기 가정을 잘 다스리는 자는 국가의 일에 대해서도 가치 있는 인물이 된다'고 했으며, 몽테뉴(1533~1592)도 '왕국을 통치하는 것보다도 가정을 다스리는 쪽이 더 어렵다'고 했다.

가정의 단란함이 지상에서 가장 빛나는 기쁨이다. 그리고 자녀를 보는 즐거움은 사람의 가장 성스러운 즐거움이다.

가정을 사랑하는 자만이 나라를 사랑한다. 평화로운 가정에는 행복이 제 발로 찾아온다.

109

희망은 잠자고 있지 않은 인간의 꿈이다. 희망은 질병, 재앙, 죄악을 고치는 특효약이다.

그러나 프랑스의 모럴리스트 니콜라 세바스찬 샹폴(1741~1794)은 '희망은 항상 우리를 기만하는 사기꾼이다. 나의 경우에 희망을 잃었을 때 비로소 행복이 찾아왔다'는 극단적인 표현을 했다.

영국의 성직자 토머스 윌슨도 '희망이 적으면 적을수록 평화는 많아진다'고 했고, 알베르 카뮈(1913~1960)는 '인류의 온갖 악(惡)들이 우글거리는 판도라의 상자에서 그리스인들은 다른 모든 악들을 쏟아 놓고 난 후에 그 중에서도 가장 끔찍한 악인 희망을 쏟아냈다'고 비꼬았다.

그래도 인류의 대다수를 먹여 살리는 것은 희망이다.

희망을 가질 필요가 있는 것은 살아야 하기 때문이다. 궁핍한 자에게 먹일 약은 희망뿐이다. 희망은 강한 용기이며 새로운 의지다.

'완전무결한 도의(道義)란, 남에게 고통을 주지 않도록 하는 방법으로서의 행위의 조절'이라고 영국의 철학자 스펜서(1820~1903)는 말했다.

세상은 혼자 사는 것이 아니므로 서로에게 예의와 도리를 지키며 맞춰 살아가야 한다. 도덕은 한 사람이 아닌 모든 사람에게 골고루 나누어져 있어야만 그 빛을 발할 수 있다.

도덕에서부터 얻은 부귀와 명예는 그 생명을 오래 지속시킬 수 있다. 비록 도덕을 지킴에 있어 시기나 질투와 같은 부작용도 초래할 수 있지만 프랑스의 시인 A. 라마르틴(1790~1869)은 '도덕은 인생의 무기다'라고 했다. 도덕은 사람이 살아가는 데 있어 가장 훌륭한 처세술이 될 수 있는 것이다.

공자도 '나라에 도의가 서 있을 때는 당당히 말하고 당당히 행동하지만, 나라에 도의가 문란할 때는 당당히 행동하되 말은 조심해야 한다'고 했다. 오늘날의 도덕은 부를 숭배함으로써 부패되었다.

증오는 억압되고 연속된 분노다. 증오가 지나치면 미워하는 상대방보다 더 천해진다.

게오르규는 '분노와 증오, 복수심과 격정은 태초부터 인간이 가지고 있던 본성이 아니다. 이것들은 인간이 낙원에서 쫓겨난 후에 생긴 병든 정열'이라고 말했다.

사람은 자기가 증오하는 사람을 절대 이해하지 못한다. 사랑의 증오만큼 억압할 수 없는 것은 없다.

쇼펜하워는 '증오는 마음속에서부터 나오고 경멸은 머리 속에서 나온다'고 했다. 증오는 때때로 사람을 맹목적이게 만들기도 한다.

독일의 작곡가 베토벤은 '증오는 그 마음을 품은 사람에게 되돌아온다'고 했다. 또 프랑스의 시인 발레리(1871~1945)는 '사람이 사랑한 일이 없는—결코 사랑할 것 같지도 않는—사람에 대해서는 참된 증오가 없다. 증오를 받을 만한 값어치가 없는 사람에 대해서는 극단적인 사랑은 결코 생기지 않는다'고 묘사했다. 증오는 증오로써 막는 것이 아니라 사랑으로써 막아야 한다.

남의 잘못을 듣지도 보지도 말하지도 않으면서 세상을 살아간다는 것은 불가능하다. 또한 자신도 모르는 사이에 스스로 잘못을 범하면서 살아갈 수도 있다. 따라서 사람들의 과오를 과오로만 보지 말아야 한다. 누구나 과오를 범하면서 여러 가지 일을 터득해 나가게 마련이다. 과오가 많을수록 그 사람은 이전보다 나아진다. 그만큼 새로운 일을 많이 경험하기 때문이다.

프랑스의 윤리학자 라 브뤼에르는 '남자들은 남의 잘못을 말하며 그것을 두려운 것이라 생각하지만, 그것이 자기 자신의 그림자라고는 생각하지 않는다' 라며 남을 통해 자기 자신을 돌아볼 용기가 필요함을 강조했다.

타인의 잘못이 곧 나의 잘못이 될 수 있다. 현명하다면 남의 과오에서 이점을 찾아내야 하는 것이다. 과오는 최선의 교사다. 그러나 반복되는 과오는 하나의 죄악이다.

113

늘 불평을 말하고 남의 욕을 입에 올리는 사람이 성공한 예는 없다. 어느 한 가지 일에 성공한 사람을 보면, 그들은 자신의 감정을 잘 조절할 줄 알며, 묵묵히 자기 자신을 다듬어 나간다. 그러한 생활태도는 곧 운(運)을 부르게 된다.

스위스의 철학자 H. 아미엘(1821~1881)은 '불만은 생활에 독을 섞는다. 인종(忍從)은 생활에 시취(詩趣)와 준엄한 아름다움을 줄 수 있다' 라고 조언했다.

불평은 자기 자신을 가장 약화시키는 수단이다. 강한 사람은 결코 푸념을 입에 올리지 않는다.

모든 불만과 불평은 욕망에서 나온다. 따라서 평화로운 마음이라면 그러한 욕망은 있을 수가 없다. 백성들이 공공연히 불평하는 것은 죄악이다.

114

·

목적은 반드시 달성되기 위해서 세워지는 것이 아니라 표준점의 구실을 하기 위해서 세워지는 것이다. 항상 바람직한 목적을 잃지 않고 노력하는 한, 최후에는 반드시 성취할 것이다.

목적을 이루기 위해서 오랜 인내를 하는 것보다는 눈부신 노력을 하는 편이 더 쉽다.

목적 없이 산다는 것은 위험한 일이다. 또 목적이 있더라도 그것이 낮은 것이라면 역시 위태롭다. 왜냐하면 목적이 희미하거나 있어도 낮은 것은 죄악에 가까이 서 있기 때문이다.

독일의 시인 실러는 '사람은 어떤 목적을 가짐으로써만 스스로 크게 된다'고 했으며, 영국의 사상가 토머스 칼라일도 '목적을 가지고 있지 않은 사람은 결국 영락(零落)한다. 목적이 전혀 없는 것보다는 사악한 목적이라도 있는 것이 더 낫다'고 했다.

인생의 큰 목적은 지식이 아니라 행동이다.

행복이란 스스로 만족하는 점에 있다.

사람은 요구가 너무 많기 때문에 늘 만족이 적은 것이다. 사소한 것으로 만족하지 못하는 자는 어떠한 부(富)로써도 만족하지 못한다.

재산이나 명예가 다치지 않는 한 대다수의 사람들은 만족하며 산다.

프랑스의 작가 알랭(1868~1951)은 '성공해서 만족하는 것은 아니다. 만족하고 있었기 때문에 성공한 것'이라고 했다. 《명심보감》에도 '만족할 줄 알면 즐겁고 탐욕하게 되면 근심이 따른다'고 했다.

만족은 마음이 우리 주위의 환경에 지배받지 않는 데서 생긴다.

석가(BC 566~486)는 '만족함을 모르는 사람은 부유하더라도 가난하고 만족함을 아는 사람은 가난하더라도 부유하다'고 했다. 충분함을 때맞춰 아는 사람은 어리석지 않다.

116

•

사람은 혼자 사는 것이 아니다. 사회라는 공동체 속에 살며 조화를 얻지 않으면 안된다.

사회는 그 구성원에게는 일종의 어버이다. 사회와 그 구성원들이 번영하려면 그 사회의 가치가 분명하고, 조리 있고, 일반적으로 바람직하여야 한다.

그리스의 철학자 아리스토텔레스(BC 384~322)는 '훌륭한 정치적 공동사회는 중류층 시민으로 이뤄진다'고 말했다.

공동사회의 진정한 힘은 시민의 질에 있고 시민의 질은 그 시민들이 숭상하는 정신과 이상을 실천하는 생활에 있다.

시민들이 어진 정치에 따라가는 것은 마치 물이 높은 곳에서 낮은 곳으로 흐름과 같다.

117

정치가는 스스로 정치적 포부나 신념에 입각해서 국민의 지지를 획득하고, 그 신념의 구현을 위해 투쟁하여 그 결과에 대해서 국민에게 책임을 져야 한다. 진실로 도의적인 것만큼이나 진실한 정치인이 되기란 어렵고 가혹한 일이다.

영국의 작가 로버트 그린 잉거솔(1860~1954)은 '정치계의 정화란 무지개빛 꿈이다'라고 했다. 또 '현대 대중국가에서는 선동가가 아닌 정치인은 더 이상 살아남을 수 없다'는 막스 베버(1864~1920)의 표현처럼 선동 정치인은 폭도의 하인들이다.

정상배는 다음 선거를 생각하고 진정한 정치가는 다음 세대를 생각한다.

'정치를 직업으로 택하고 정직할 수는 없다'고 미국의 정치가 하우 맥헨리(1871~1936)는 말했다. 또 미국의 대통령 후버(1874~1964)는 '정치가란 하찮은 직업이다. 대중에게 봉사하는 공복이 고귀한 것이다'라고 말했다. 가장 위대한 정치가는 가장 인간적인 정치가다.

118

돈이 없다는 것은 비할 바 없는 고통이다. 이스라엘 속담에 '가난은 가난뱅이를 따르고 돈은 부자를 따른다'는 말이 있다.

어려움에 빠지면 끝없이 고통을 느끼게 되지만 반대로 운이 따를 때는 좋은 일만 생기는 게 세상살이라는 뜻이다.

《논어》〈헌문편〉에 '가난하면서 원망하지 않기는 어렵고 부자이면서 교만하지 않기는 쉽다'는 말이 있다. 또 '세상은 부자에게는 주고 가난한 자에게서는 뺏는다'고 영국의 시인 조지 허버트는 혹평했다.

가졌다고 해서 부자가 아니다. 부를 즐길 줄 알아야 한다. '최고의 부자는 마음이 검소한 사람이고 최고의 가난뱅이는 수전노'라는 상폴의 말처럼, 비록 가난하더라도 만족하는 사람이 진정한 부자가 아닐까.

사람의 정의(情義)는 가난한 데서 끊어지고 세속 인정은 돈 있는 집으로 곧잘 쏠린다.

119

·

오스트리아의 시인 하머링(1830~1889)은 '최고의 것을 추구하는 사람은 항상 자기의 길을 간다. 사람은 최고를 다른 사람과 함께 누리려 하지 않는다. 행복해지기를 원하는 사람은 우선 고독해져야 한다'고 말했다.

즉 최고의 길을 걷기 위해 고독을 견디어야 한다는 뜻이다.

실러는 '강자란 보다 훌륭하게 고독을 견디어낸 사람'이라고 했고, 아리스토텔레스는 '고독을 사랑하는 자는 야수든가 아니면 신'이라 표현했다.

오직 고독 속에서만 우리는 자신을 찾을 수 있다. 그러나 고독에 탐닉해서는 안 된다.

임진왜란 3대 전승지의 하나로 유명한 명량대첩지인
울돌목을 가로질러 해남 우수영과 진도 녹진 사이를
연결하고 있는 「진도대교」 전경.

하늘은 말을 하지 않는다.
행위와 하는 일로써 그 뜻을 보여줄 따름이다.
하늘은 백성을 통해서 보고,
또한 백성을 통해서 듣는다.

120

'뜻이 있는 사람은 반드시 그 목적을 달성한다' 라는 말이 《후한서》에 있다.

뜻을 세움에 너무 늦다는 것은 없다. 뜻은 사람으로 하여금 사람답게 한다. 뜻이 있는 자는 반드시 일을 성취한다.

독일의 작가 괴테는 '항상 바람직한 목적을 잃지 않고 노력하는 한 최후에는 반드시 구함을 받는다' 고 했다.

뜻이 깨끗하면 마음도 맑아진다.

사람은 어떤 목적을 가짐으로써만 스스로 크게 된다. 목적은 수단을 신성하게 한다. 뜻이 있으면 길이 있다. 뜻은 씨앗이고 행동은 열매다.

《맹자》〈만장편〉에 '하늘은 말을 하지 않는다. 행위와 하는 일을 가지고 그 뜻을 보여줄 따름이다. 하늘이 보는 것은 백성들을 통해서 보고, 하늘이 듣는 것은 백성들을 통해서 듣는다. 하늘이 현자(賢者)에게 주면 현자에게 주어지고, 하늘이 아들에게 주면 아들에게 주어진다. 하려던 것이 아닌데 그렇게 되는 것은 하늘의 뜻이고 부르지 않았는데 닥쳐오는 것은 운명이다. 필부로서 천하를 차지할 사람은 그 덕이 반드시 순(舜)과 우(禹) 같아야 하고, 또 그를 천거하는 천자가 있어야 한다'는 말이 있다.

맹자의 천명사상(天命思想)이 잘 나타나 있는 글이다. 덕(德)이 하늘의 뜻에 맞으면 왕작(王爵)이 그에게로 돌아가고, 행위가 인(仁)에 귀착하면 온 천하가 그의 편을 든다는 것이다.

선양(禪讓)과 계위(繼位)가 천명과 인심에 따라 이루어진다는 것을 표현하고 있다.

구약성서 잠언에 '어리석은 사람은 저 잘난 맛에 살고 슬기로운 사람은 충고를 받아들인다'는 말이 있다.

많은 사람이 충고를 받지만, 그로 인하여 이득을 보는 것은 현명한 자뿐이다. 충고는 남이 모르게, 칭찬은 여러 사람 앞에서 해야 한다.

스코틀랜드 격언에 '아내의 충고는 쓸데없는 것이지만 그것을 받아들이지 않는 남편에게는 재앙이 온다'고 했다.

충고를 하되 행동하게 할 수는 없다. 충고해 달라고 하는 사람은 십중팔구 칭찬의 말을 기대한다. 충고를 주는 것보다도, 그 충고를 쓸모 있게 하는 편이 더 한층 지혜를 필요로 한다.

조선의 정치가 이언적(1491~1553)은 '충간(忠諫)하는 말과 정직한 이론은 신하의 이익이 아니라 곧 국가의 복'이라 했다.

훌륭한 충고는 값진 선물이다. 충고자는 아무리 신랄하여도 결코 해를 끼치지 않는다.

123

자라나는 아들이나 딸의 입장에서 보면, 아버지는 무한
능력의 소유자로 비쳐진다. 아버지에게는 모든 것이 있
기 때문이다. 사랑과 지혜와 엄격함이 아버지에게서는
흘러 넘친다. 자신들이 필요로 할 때면 언제라도 그것을
제공받을 수 있는 것이 아버지다.

영국의 시인 조지 허버트는 '한 사람의 아버지가 백 사
람의 선생보다도 낫다'고 했다.

아버지가 가지고 있는 덕성은 아버지만의 것이다. 아버
지인 모든 사람에게는 그것이 한결같이 갖추어져 있다.
또한 아버지에게는 위엄과 사랑과 믿음이 있다. 그러나
아버지가 되기는 쉬우나 아버지답게 되기는 그다지 쉽지
가 않다.

독일의 교육자 헤르바르트(1776~1841)는 '한 명의 현모
(賢母)는 백 명의 교사에 필적한다'고 했고, 나폴레옹은
'자식의 운명은 늘 그 어머니가 만든다'고 했으며, 셰익
스피어는 '자식을 알고 있는 사람은 현명한 아버지'라고
서술했다. 또 벨기에 격언에도 '어머니가 돌아가시면 부

드러움을 잃고 아버지가 돌아가시면 명예를 잃는다'고
하였다.

　어버이라는 것은 하나의 중요한 직업이다. 아버지의 덕
행은 자식에게 최선의 유산이다.

인간의 최대의 행복은 희망을 갖는 데 있다. 희망을 가진다는 것은 힘찬 용기를 얻는 것이며 새로운 의지를 갖추는 것이다. 현상에 만족할 수 없는 사람만이 희망을 가지며 목표를 향해 계속 노력한다. 그러기 위한 용기와 의지도 희망이 주게 된다.

진정한 희망을 가지고 있는 사람은 그것을 자아내는 행복에의 예감이 진정한 방향(芳香)이 되어 그 사람을 감싼다. 그리고 그 방향은 가까이 다가오는 모든 사람에게 밝고 산뜻한 생각을 갖게 한다.

독일의 시인 괴테는 '희망만 있으면 행복의 싹은 거기서 튼다'고 했다.

희망은 그 자체가 일종의 행복이며 이 세상에 베풀어 주는 행복이다. 행복한 자는 희망에 의해서 산다. 희망은 불행한 인간의 제2 혼(魂)이다.

125
·

이상(理想)이란 가능한 것이 바람직하게 되는 상상적 이해다.

사람이 사상을 가지며 이상을 갖는다는 것은 영원한 기쁨이며 환희의 꽃이다.

이상은 우리 자신 속에 있다. 동시에 이상의 달성을 방해하는 모든 장애물 또한 우리 자신 속에 있다.

미국의 작가 어니스트 헤밍웨이(1899~1961)는 '이상을 지니고 산다는 것은 성공적인 생활이다. 이상이란 누구나가 지금 하고 있는 일이 아니라 해 보려고 애쓰는 일이며 그것으로써 인간은 강해지는 것이다' 라고 말했다.

보다 높은 이상이 없었더라면 인류는 쉬지 않고 일하는 개미떼와 무슨 차이가 있겠는가. 이상은 높을수록, 투철할수록 혁명적이다.

관대함은 잔인성의 치료약이다. 참으로 관대한 자가 참된 현인이다.

인간은 자기가 사랑하는 만큼 용서한다. 세상을 살아가는데도 항상 한 걸음 물러설 줄 알아야 한다. 물러서는 것이 곧 나아가는 밑천이다. 사람을 대하는 데도 항상 너그러워야 한다. 남을 이롭게 하는 것은 자기를 새롭게 하는 것이다. 용서하는 것은 좋은 일이다.

그리스의 서사시인 호메로스(BC 10세기경)는 '너그러운 마음씨는 사나운 혀를 고쳐 준다'고 했다.

남을 용서하는 것을 배우라. 그러면 그대의 인생도 밝아질 것이다. 남을 용서하되 자신은 결코 용서하지 말라.

127

공포를 느끼게 되면 사람은 어린아이처럼 무력한 자신을 깨닫는다.

물질적인 가치나 명성 등 무형의 것들은 격심한 공포 앞에서는 모두 바람 앞의 티끌과 같다.

공포는 사람을 무분별하게 한다. 겁에 질리면 도움이 될 만한 것도 무서워하게 된다.

장자는 '공포는 신앙을 낳고 의심은 철학을 낳는다'고 했으며, 에머슨은 '공포는 우리에게 현명한 길을 가게 하는 교사고 모든 혁명이 가까이 왔음을 알려주는 통보관'이라고 했다.

죽음의 공포는 죽음 그 자체보다도 무섭다.

매일매일 공포를 극복해 나가지 않는 사람은 인생의 교훈을 배우지 못한 사람이다.

공포의 매력에 취한 자는 강한 자뿐이다.

128

‘절대로 실수하지 않는 사람은 아무 일도 하지 않는 사
람이다.’ 프랑스의 소설가 로맹롤랑(1866~1944)의 말이
다.

모든 인간은 과오를 범하기 쉽다. 그리고 대부분의 인
간은 욕구에 의해서든 흥미에 의해서든 여러 가지 면에
서 과오를 범할 유혹 밑에 있다. 가장 훌륭한 사람도 발
을 헛디디며, 가장 조심스러운 사람도 넘어질 수 있다.

한번도 잘못을 범한 일이 없는 사람은 인간 이상의 존
재다. 사람은 자기의 잘못을 조사하고 연구해서, 그 후부
터는 그것을 되풀이하지 않도록 하여야 한다.

현자(賢者)들에게 과오가 없었다면 우자(愚者)들은 온
통 절망할 수밖에 없을 것이다.

잘못은 그것을 통하여 우리가 발전할 수 있는 훈련이
다. 잘못을 범하는 것은 인간이요, 용서하는 것은 신(神)
이다.

129

말해서 후회하는 때는 자주 있어도 침묵을 지켜서 후회하는 일은 절대 없다. 어리석은 사람도 잠잠하면 지혜롭고 슬기롭게 보일 때가 있다. 침묵은 존엄하고 장중한 태도일 뿐 아니라 때때로 유리하고 주도적인 태도로 만든다. 적절한 침묵은 삶의 지혜일 수 있으며 어떠한 웅변보다도 낫다. 그래서 그리스의 극시인 에우리피데스(BC 480~406)는 '침묵은 참된 지혜의 최상의 응답이다' 라고 했다. 마음에 없는 말보다는 침묵하는 편이 사교성을 잃지 않는 법이며, 말 없는 목석이 살아 있는 인간의 말보다도 더 여자의 마음을 움직이는 법이다. 때로는 침묵은 삶의 기교이자 재책(才策)일 수 있다.

영국의 평론가 윌리엄 해즐릿(1778~1830)은 '대화에서 침묵은 위대한 화술이다. 자기 입을 닫을 때를 아는 사람은 바보가 아니다' 라고 주장했다.

중국의 작가 노신(魯迅:1881~1936)도 '침묵하고 있을 때에 나는 충실을 깨닫는다. 입을 열려고 하면 대번에 공허를 느낀다'고 토로했다.

위대한 일은 침묵에 의해 가장 잘 표현된다.

세상에 태어나서 한 번도 좋은 생각을 갖지 않은 사람
은 없다. 다만 그것이 계속 이어져 행동으로 보여지기가
어려운 것이다. 마음속에 꾀하는 것은 실행이 따르지 않
으면 뛰어오르기는 하지만 결코 잡지 못하는 법이다.

미국의 철학자 에머슨은 '좋은 사상도 그것을 행하지
않으면 좋은 꿈과 다를 것이 없다'라고 했다.

아무리 굳은 신념이 있어도 침묵으로 가슴속에 품고만
있으면 아무 소용이 없다. 그 어떠한 대가를 치르더라도
반드시 자신의 신념을 발표하고 실행한다는 용기가 필요
하다.

일 온스의 실천은 일 파운드의 교훈에 값하는 것이다.

이론과 실천은 분리될 수 없다. 빛깔은 아름다우나 향
기 없는 꽃처럼, 말이 아무리 훌륭해도 실천이 없으면 결
실이 없다.

131
·

로마의 베스파시아누스 황제가 병석에 누워서도 여러 가지 중대한 사무를 끊임없이 처리하자, 의사가 건강에 좋지 못하다고 했을 때, 그는 '황제 된 사람은 서서 죽어야 한다'고 말했다. 이 말은 많은 사람들을 지배하는 방대한 책임을 직설적으로 표현한 것이다.

세상에서 전쟁의 운을 제일 잘 타고난 오토만족의 군주들은 이 사상을 열렬히 품고 있었다. 그들은 다른 자들이 자기를 위해 싸우는 동안 잠을 자고 있기보다는 차라리 패하기를 택할 것이며, 자기가 없는 동안에 부하들이 무슨 위대한 일을 수행해 놓은 것을 결코 시기심 없이는 참고 보지 못했다. 특히 줄리아누스 황제는 심령과 육체를 항상 훌륭하고 위대하고 도덕적인 사물들에 분망하게 두어야 한다며 대중 앞에서 침을 뱉거나 땀을 흘리는 것도 수치로 여겼다.

로마인들은 어린애들에게 앉아서 배울 수 있는 것은 아무것도 가르치지 않았다고 한다. 무위도식(無爲徒食)에 관한 몽테뉴의 《수상록》에 나오는 이야기다.

관리는 국민에 의해서 작성된 법을 시행하는 국민의 공복(公僕)이며 대리인이다. 또한 관리는 국가의 근간(根幹)이다. 따라서 공무원 사회가 부패하거나 기강이 문란하며, 일할 의욕이 없으면 그 국가와 민족은 장래를 기대할 수 없다.

'관리를 두는 것은 본래 백성을 위하는 것이다'라는 조선 초기의 학자 양성지(梁誠之:1414~1482)의 말은 공평하고 결백하며 백성을 사랑하는 자가 참된 관리라는 뜻이다. '간사하고 교활한 관리는 여우나 쥐와 같은 존재다'라는 다산 논총의 글은 관리가 가져야 할 세 가지 법도, 즉 청렴·신중·근면을 더욱 생각케 한다.

'민주정부의 관리는 국민의 하인이지 결코 주인이 아니다'라는 미국의 제32대 대통령 프랭클린 루스벨트(1882~1945)의 지적처럼 국민의 훌륭한 충복(忠僕)은 충성스러운 머슴과 같이 그 주인의 귀에 불쾌한 진실을 말해야 한다.

관리는 높아질수록 무서워지고 나무는 커질수록 바람

과 잘 지낸다.

　영국의 정치가 윈스턴 처칠은 '자기에게 가장 알맞을 때만 공직을 맡으라'고 권면하고 있다. 맹자도 '벼슬에 나가서는 도를 잃지 말고 벼슬을 그만두고는 의를 잃지 말라'고 했다.

　관직은 그 인간됨을 보여준다. 맡은 바 일을 다하고 공명을 누리고 나면 그 자리에서 물러나는 것이 하늘의 순리다.

133

위대한 사회란 사람들이 자기들 소유물의 양보다 자기들 목표의 질에 더 관심을 갖는 곳이다. 그러나 사회는 그 구성원의 이익을 위하여 존재하는 것이지 그 구성원들이 사회의 이익을 위하여 존재하는 것이 아니라는 말도 있다.

사회는 하나의 배와 같은 것이다. 누구나 키를 잡을 준비를 하지 않으면 안된다.

영국의 수필가 토머스 칼라일은 '사회는 영웅 숭배에 기초를 두고 있다. 역사의 중심은 위대한 인물을 중심으로 벌어지고 있으며, 평범인들은 영웅을 위해 필요하다'는 말을 남겼다.

영웅이란 시종일관해서 자기를 집중하는 인간이다. 영웅이 되기 위한 첫걸음은 용기를 갖는 일이다.

<h1 style="text-align:center">134</h1>

부(富)는 훌륭한 것일지도 모른다. 그것은 힘을 의미하고 여유로움을 의미하며 자유를 의미하기 때문이다. 그러나 러시아의 작가 톨스토이는 '부(富)는 분뇨와 같다. 그것이 쌓이면 악취가 풍기고 뿌려지면 땅을 비옥하게 한다' 라고 했다.

부는 그 보물의 소유에 있는 것이 아니고 그 보물을 사용하는 데 있다. 부는 사용하기 위한 도구이지 숭배하기 위한 신은 아니다. 부가 인간을 위해 존재하는 것이지 인간이 부를 위해 존재하는 것은 아니기 때문이다.

부란 거액의 재산에 의한 것이 아니라 만족하는 마음에서 비롯된다. 그러므로 인간의 참다운 부는 이 세상에서 행하는 착한 일이다.

135

진보는 우연이 아니고 필연이다. 그것은 자연의 일부
다. 인간적인 것은 모두 진보하지 않으면 퇴보해야 한다.
스스로를 향상시키려고 시험하는 것이 필요하다. 이 의
식은 살아 있는 한 지속해야 한다.

로마의 철학자 세네카는 '진보의 가장 큰 몫은 진보하
려는 욕망'이라고 표현했다.

큰 성공이란 결코 단숨에 이뤄지는 것이 아니다. 우리
는 한 걸음 한 걸음 진보해 나가는 것으로 만족하지 않으
면 안된다.

진보로 통하는 가장 훌륭한 길은 자유의 길이다.

세상을 이해하려는 욕망과 세상을 개혁하려는 욕망은
진보의 두 가지 큰 원동력이다. 이것이 없다면 인간사회
는 정체하거나 혹은 퇴보할 것이다.

진보는 필요한 것은 가능하다는 신념에서 시작된다.

서울 광진구 아차산의 울창한 소나무.

나라의 백성을 살게 하는 것은
험준한 지형의 이로움이나 막강한 군사력이 아니라
오로지 백성을 뭉치게 하는
인화(人和)이다.

136

인간의 행복 대부분은 끊임없이 계속되는 일과, 그 일로 인한 축복으로 이루어진다. 그리고 결국 일을 유쾌한 것으로 받아들이게 된다.

인간의 마음은 진정한 일거리를 발견했을 때 진정한 기쁨을 느끼게 된다. 따라서 행복하기를 바란다면 먼저 일을 시작하라. 실패한 생애는 대개 그 사람이 전혀 일을 가지지 않았거나, 일이 적었거나 혹은 정당한 일을 가지지 못했다는 것에 그 근본 원인이 있다.

프랑스의 소설가 A. 모르와(1885~1967)는 '일은 권태와 나쁜 짓과 가난을 멀리한다' 라고 했다. 일이 없으면 마음이 어두워지기 쉬운 법이다.

성공의 지름길은 첫째 일을 사랑하는 것이다.

일은 인생의 권태를 몰아내 기쁨의 감격을 누리게 하는 촉매이다. 인생의 가장 행복한 시간은 일에 몰두하고 있을 때이다.

  '천시불여지리(天時不如地利) 지리불여인화(地利不如人和).' 하늘이 내린 시운(時運)은 지형의 이로움만 못하고, 지형의 이로움은 인간이 서로 화합하는 것만 못하다라는 뜻으로 《맹자》〈공손추장〉에 나오는 말로, 전쟁을 본업으로 삼아야 하는 장수의 필승의 법칙을 설명한 말이다. 나라의 백성을 살게 하는 것은 험준한 지형의 이로움이나 막강한 군사력도 아니며 오로지 백성을 뭉치게 하는 인화(人和)가 있어야 한다는 것이다.

  인화의 덕이 없으면 백성은 마음을 주지 않는다. 첨단 과학이 동원된 전쟁일지라도 뭉치면 이기고 흩어지면 진다. 뭉치게 하는 것은 군사 장비의 힘이 아니라 서로 나누어 베푸는 덕의 힘이다. '단결된 군중의 마음은 성벽과 같다'는 옛 속담이나, '단결이 힘이다'라는 벨기에 격언, 공산주의자들이 잘 외치는 '강철 같은 단결' 등은 흐트러진 민심을 하나로 모으기 위한 여러 표현들이다.

138

·

《명심보감》에 '나를 착하다고 말해 주는 사람은 곧 나의 도둑이요, 나를 악하다고 말해 주는 사람은 곧 나의 스승'이라는 말이 있다. 아버지로부터는 생명을 받고 스승으로부터는 생명을 보람 있게 하기를 배운다.

중국의 학자 사마광(1019~1086)은 '경서(經書)를 가르치는 스승은 만나기 쉬우나 사람을 인도하는 스승은 만나기 어렵다'고 한탄했다.

스승의 엄격함은 아버지의 관대함보다 훨씬 유용하다. 생애에서 한 명의 훌륭한 스승은 때로는 타락자를 훌륭한 시민으로 성장시킬 수도 있다.

스승은 촛불 같은 것으로서 스스로를 다하여 제자를 계발(啓發)한다.

《논어》〈위정편〉에 '옛 것을 익혀 새 것을 알면 능히 스승이 될 수 있다'고 했다.

어려운 일을 쉽게 만들 수 있는 사람이 바로 스승이다.

여행에서는 많은 이익을 얻는다.

현대사회에 살고 있는 우리에게 여행에서 얻을 수 있는 지식이나 정보는 어느 정도의 의미를 가질까.

영국의 정치가 벤자민 디즈레일리(1804~1881)는 '여행은 참지식의 원천이다' 라고 표현했다.

인간에게 정처없이 떠도는 것처럼 고통스러운 것은 없다. 그러나 목적 있는 여행은 정신이 도로 젊어지는 샘이다. 여행은 관용을 가르치며 인간을 겸허하게 한다. 정신의 편력은 경험의 편력과 맞먹는다. 여행의 양이 곧 인생의 양이다.

여행의 유용성은 현실에 의하여 상상을 조절하는 것이며 사물의 모습을 추측하는 대신 있는 그대로의 사물을 보는 것이다.

'바보는 방황하고 현명한 사람은 여행한다' 는 스페인 격언이 있다.

이 세상에서 가장 유쾌한 일 중의 하나가 여행하는 것이다.

140

스위스의 교육가 페스탈로치(1746~1827)는 '그대가 순진하고 맑고 결백한 마음을 간직했다면 그것은 열 개의 진주 목걸이보다도 더 그대의 행복을 위한 빛이 될 것이다'라고 했다.

지금 불행한 환경에 처해 있더라도 진실한 마음을 지니고 있다면, 아직 힘찬 행복을 간직하고 있는 것이다. 왜냐하면 진실한 마음에서만 인생을 헤쳐 나갈 수 있는 힘찬 지혜가 우러나오기 때문이다. 아무리 지식이 많고 지위가 있어도 인간이 진실을 잃는다면 지식도 지위도 오래 영유될 수가 없다. 그래서 독일의 물리학자 G. C. 리히텐베르크(1744~1799)는 '오래 가는 행복은 정직한 것 속에서만 발견할 수 있다'라고 충고했다.

진실의 힘은 오래 지속되는 데 있다.

부끄럽다는 것은 양심에 거리껴 남을 대할 낯이 없을 때를 말한다. 그것은 일종의 양심의 소리다. 그래서 토머스 칼라일은 '부끄러움은 모든 도덕의 원천이다' 라고까지 하였다.

수치를 아는 사람은 어떤 경우에도 죄악에 물들지 않는다. 좋은 말이 먼 길을 단숨에 달리듯 부끄러움을 아는 사람은 능히 도(道)의 길로 나아갈 수 있다.

영국의 정치가 E. 버크(1729~1797)는 '수치심이 감시를 하고 있는 한 미덕은 마음속에서 전혀 사라지지 않는다' 라고 했다.

부끄러워하는 마음은 사람에게서 참으로 중요하다. 수치를 수치로 알아야 잘못된 점을 고칠 수 있다. 부끄러움은 일단 사라지면 다시 돌아올 줄을 모른다.

142

·

남을 용서하기에 인색하지 말라. 무슨 일에든 남을 용서할 마음의 여유를 간직해야 한다.

남을 용서할 줄 모르는 사람의 생활은 늘 미움에 차 있고 평화를 누리기 어렵다.

《채근담》에도 '남의 허물은 마땅히 용서할 것이로되 자기의 허물은 용서치 못할 것이요, 나의 곤욕은 마땅히 참을 것이로되 남의 곤욕은 참지 말라' 고 훈계하고 있다.

사람이 슬기로우면 좀처럼 화를 내지 않으며, 남의 허물을 덮어 주면 영광이 돌아온다.

《경행록》에 '남을 나무라는 사람은 그 사귐이 바르지 못하고 자신을 용서하는 사람은 잘못을 고치지 못한다' 라는 구절이 있다.

용서하는 것은 좋다. 잊는 것은 더욱 좋다.

사람은 사랑하고 있는 한 용서한다.

겁쟁이는 실제로 존재하지도 않는 위험을 본다. 겁이 많은 자는 자신을 신중하다고 하고 인색한 자는 자신을 검소하다고 한다.

'비겁함과 약함은 그 사람의 성질과 정신이 초라한 데에 원인이 있는 것이지 흔히 생각하듯 부와 사치에서 오는 폐단은 아니다' 라고 플루타르코스의 《영웅전》에 적혀 있다.

비겁한 자의 겁은 심리적·육체적 피폐에서 오는 우울보다 파괴적이다.

아리스토텔레스는 '자기의 가치를 실제보다 낮춰 생각하는 것은 겸손이 아니라 비굴' 이라고 했다.

비겁한 자는 그 자리가 안전할 때에만 위세를 부린다.

144

·

경멸이란 지나치게 점잖은 말 속에 항상 교묘하게 숨겨
져 있다.

《채근담》에 '남의 속임수를 알지라도 말로써 나타내지
않으며, 남의 모욕을 받더라도 얼굴빛이 변하지 않으면
이 속에 무궁한 뜻이 있으며, 또 무궁한 덕이 있다' 는 말
이 있다.

세상에는 남을 경시하는 일이라면 즐겨 듣는 인간이 너
무도 많다.

'인간의 진실하고 유일한 위엄은 스스로를 경멸하는
능력' 이라고 미국의 철학자 조지 산타야나(1863~1952)가
정의했고, 또 영국의 시인 콜리지(1772~1834)는 '경멸은
기분이 좋지 않을 때의 에고이즘' 이라고 해석했다.

사람에게 있어 상처의 아픔은 모욕보다 빨리 잊혀지는
법이다.

많은 사람들은 역경을 견디어 내지만, 경멸을 견뎌내는
자는 드물다.

침묵은 경멸의 가장 완전한 표현이다.

145

·

인간은 사교적인 동물이다. 교육은 신사를 만들며 사교는 이것을 완성한다. 쇼펜하워는 '사람의 사교 본능도 그 근본은 어떤 직접적인 본능이 아니다. 즉 사교를 사랑하는 것이 아니라 고독을 두려워하는 것'이라고 묘사했다.

사교술이란 일을 진행시키는 적절한 수단이다. 인간과의 교제는 자기 고찰을 이끌어낸다.

《논어》〈자로편〉에 '사람을 사귐에 있어 군자는 화목하되 뇌동하지 아니하고 소인은 뇌동하되 화목하지 못하다'라는 말이 있으며, 장자는 '군자의 사귐은 담담하기가 물과 같고, 소인의 사귐은 달콤하기가 감주와 같다. 군자는 담담하게 친근하고 소인은 감미롭다가 끊어지고 만다'고 표현했다.

남과의 교제에 있어서 절제는 영혼의 평정을 보증한다.

에머슨은 '교제는 통속적 중요성밖엔 없다. 사랑, 믿음, 인격의 진실성, 인간의 포부, 이런 것들이 신성한 것'이라고 토로했다.

사람을 사귀기는 쉽지만 그것을 지키기는 힘들다.

146

•

'멀리 행하려거든 반드시 가까운 것부터 행하라.'《중용(中庸)》에 나오는 구절이다.

군자의 도(道)는 비유하면, 멀리 가려면 반드시 가까운 데서부터 출발하는 것과 같고 높은 데 오르려면 반드시 낮은 데서부터 올라가는 것과 같다는 뜻이다.

즉 도(道)를 지키자면 반드시 자기를 중심으로 하여 가까운 곳으로부터 하나하나 착수하지 않으면 안된다는 것이다.

중국의 역사서 《진서(晉書)》에도 '멀리 기기(騏驥)를 찾느라고 가까이 동린(東隣)에 있는 줄을 모른다' 라는 말이 나온다. 기기, 즉 준마가 가까이 있는 것을 모르고 먼 곳에서 찾는다는 뜻이다.

군자의 수양은 반드시 자기 자신을 돌이켜보는 데 있다.

인간들을 서로 구별지어 주는 것은 이른바 사상이라는 것이 아니라 행동이다.

'난국에는 파탄자(破綻者)를 써라.' 중국 명나라의 관리 여곤(坤呂:1536~1618)이 한 말이다.

작은 일에도 치밀하게 마음을 쓰는 사람이나 정해진 길을 굳게 지키는 사람은, 태평한 시대에 어떤 일을 처리하게 하면 잘 해낼 것이다.

그러나 난국을 헤쳐 나가기 위해 결단을 내리고 돌발사건에 대응하여 모험을 해야 할 때면 흠잡을 데 없이 완벽한 인물을 쓰기보다는 오히려 깨지고 찢기고 열등의식이 있는 파탄자를 쓰는 편이 나을 것이다.

패거리의 두목이나 힘을 자랑하는 축의 우두머리라도 적당히 그들을 조정하면 매우 훌륭한 성과를 올려 큰 일을 성취할 수도 있기 때문이다.

148

인간을 자유롭고 고상하게 살지 못하게 하는 것은 다른 무엇보다도 소유에 대한 몰두다.

쇼펜하워는 '우리는 이미 가진 것에 대해서는 좀처럼 생각지 아니하고 언제나 없는 것만 생각한다'고 했다.

우리가 실제로 소유할 수 있는 힘은 제한되어 있다. 내가 소유할 수 있는 것보다 더 많이 소유하는 것은 재앙이다. 니체(1844~1900)는 '보다 적게 소유하는 자는 보다 적게 지배당한다'고 말했다. 다룰 줄을 모르는 것은 소유하는 것이 아니다.

중국 격언에 '소유함으로써 욕망을 채우려는 사람은 지푸라기를 가지고 불을 끄려는 것과 같다'고 표현했다.

내 마음속에 얻은 것이 진정 나의 소유물인 것이다. 내 개인의 것은 공동소유물보다 가치가 있다.

혁신은 일종의 모험이다. 이것은 미래의 지극히 불확실
한 성과를 위해서 지금의 자원을 투입하는 것이다.

혁신이란 단순히 새로운 방법을 뜻하는 것이 아니라 새
로운 세계관을 의미한다.

'수천 번의 혁신에도 불구하고 세계는 여전히 부패한
다. 왜냐하면 각 분야의 성공적 혁신은 새로운 기관을 세
우고, 그 새로운 기관은 그 자신의 새롭고 적당한 악폐를
길러 왔기 때문이다' 라고 미국의 작가 조지 산타야나는
혁신의 어려움을 지적했다.

성공적인 혁명은 새로운 사회를 이룩한다. 그러나 정치
적 변혁은 큰 반항을 극복한 이후가 아니면 결코 이룩될
수 없다.

땅끝 전망대에서 바라본 우리나라 육지의 맨 끝인
「땅끝마을」의 전경.

임금은 배요 백성은 물이다.
물은 배를 뜨게도 하지만,
또한 배를 엎어뜨리기도 한다.

150

나라를 다스리는 지도자의 마음가짐은 환자를 치료하는 의사의 그것과 같다. 환자의 병이 나아 갈 때 의사가 방심하면 병은 오히려 악화되기 쉽다.

천하가 조용할 때 나라의 지도자는 앞으로 닥칠 위기를 생각해야 한다. 지도자는 마땅히 자기의 텃밭을 가꿔야 한다. 씨를 뿌리고 살피고 일구어야만 하며 그 결과를 거둬들여야 한다. 그리하여 지도자는 정원사와 마찬가지로 자기가 경작하는 것에 대해 책임을 져야 한다.

프랑스의 황제 나폴레옹은 '지도자는 희망을 파는 상인이다'라고 했다. 또 플라톤은 '철학자가 통치자며 또 통치자가 철학자인 나라는 행복하다'고 했다.

이성(理性)과 판단력은 지도자가 되는 요소다. 또한 지도자는 진실을 말해 주는 사람이어야 한다.

중국의 순자(BC 298경~235경)는 '임금은 배요 백성은 물이다. 물은 배를 뜨게도 하지만, 또한 배를 엎어뜨리기도 한다'고 했다.

'백성은 나라의 근본이요 임금의 하늘이다.' 조선의 정치가 정도전(1337~1398)이 지은 《조선경국전》에 나오는 말로 군주보다는 국가가, 국가보다는 백성이 우위에 위치한다는 뜻이다.

임금이 천지만물의 중심 인물이 된 것은 이 땅에 살고 있는 백성의 모범이 되어야 하기 때문이다. 대개 임금은 나라에 의지하고 나라는 백성에게 의지하나니, 백성은 나라의 근본이요 임금의 하늘이다.

옛적에 통치자가 사해(四海)를 다스릴 때 명예와 부를 신하보다는 백성을 위해 나누었다. 따라서 다스리는 이의 명령, 한 동작, 법 제정도 반드시 백성을 위하고 존중하기 위한 것이 아니면 안 된다.

책은 젊은이에게는 안내자요, 노인에게는 오락물이다. 책은 위대한 천재가 인류에게 남겨 주는 유산이며, 그것은 아직 태어나지 않은 자손들에게 주는 선물로써, 한 세대에서 다른 세대로 전달된다.

책은 절대적으로 죽은 사물이 아니다. 그 속에 그들의 자손을 자기와 같은 활발한 영혼이 되도록 하는 생명력을 담고 있다. 책에는 모든 과거의 영혼이 가로누워 있다.

'좋은 책은 좋은 친구와 같다'고 프랑스의 작가 생 피에르(1658~1743)는 말했다.

'책과 친구는 수가 적고 좋아야 한다'는 스페인 격언처럼 좋은 책은 사람에게 주어진 가장 귀중한 축복이다.

가난한 자는 책으로 말미암아 부자가 되고, 부자는 책으로 말미암아 존귀해진다.

생각하지 않고 읽는 것은 씹지 않고 식사하는 것과 같다.

현재는 모든 과거의 필연적인 결과며 모든 미래의 필연
적인 원인이다.

진정한 생활은 현재뿐이다. 따라서 현재의 이 순간을 최
선으로 살리는 일에 온 정신력을 기울여 노력해야 한다.

현재의 시간을 잃어버리는 것은 모든 것을 잃어버리는
것이다.

터키 속담에 '오늘의 계란이 내일의 암탉보다 낫다'고
했다. 우리의 어제는 모두 오늘에 요약되며, 우리의 내일
은 모두 우리가 모양짓는 것이다.

인간은 현재가 아주 가치 있는 것을 모른다.

현재만을 살고 있는 사람은 미래를 위해 사는 사람이
이기적으로 보일 것이다.

오늘이 내일로 바뀌지기까지는 지금이라는 시간의 고
마움을 깨닫지 못한다.

사려 깊은 사람은 과거의 일로써 현재를 판단한다.

154
•

현명한 자는 기회를 행복으로 만든다. 기회는 모든 사람에게 찾아오지만, 그것을 잘 활용하는 사람은 소수에 지나지 않는다. 현명한 사람은 기회를 발견하는 것이 아니라 스스로 이를 만들어 낸다.

그리스의 비극작가 소포클레스는 '기회는 모든 노력의 최상의 선장이다' 라며 기회도 노력이나 철저한 준비 없이는 찾아오지 않는다는 뜻의 말을 남겼다.

알맞은 바람에는 돛대도 펴기가 쉬운 것이며 햇빛이 비치는 동안에 건초도 말려야 하는 법이다.

얻기 어려운 것은 시기요, 놓치기 쉬운 것은 기회다. 덧없는 기회를 이용하려면 몸이 재빨리 따라야 할 뿐더러 마음도 빈틈이 없어야 한다.

사소한 기회는 위대한 일의 시작이다. 프랑스 속담에 '기회가 사람을 저버리기보다는 사람이 기회를 저버리는 수가 더 많다' 고 했다.

좋은 기회를 만나지 못했던 사람은 하나도 없다. 단지 그것을 포착하지 못했을 뿐이다.

양심은 우리 마음속에 있는 가장 신성한 것이다. 또한 가장 가까이 있으면서 가장 멀리까지 뻗쳐 있는 것이다. 양심은 개인이 자기 보존을 위해 계발(啓發)한 것으로, 이는 한 사회의 질서를 지켜주는 역할을 한다. 따라서 마음속 깊이 자리한 양심을 계발하고 작용시키는 훈련이 필요하다.

영국의 작가 D. H. 로렌스(1885~1930)는 '양심이라는 것은 콧수염처럼 나이에 따라 자라는 것이 아니다. 우리가 양심을 얻으려면 자기 자신을 훈련해야 한다. 즉 양심은 자라는 것이 아니라 키우는 것이다' 라고 했다.

양심을 보존하고 계발하는 것이 인생을 강하게 이끌어 나갈 수 있는 유일한 방법이다.

사람을 신뢰할 만한 사람으로 만드는 유일한 길은 그를 신용하는 것이다. 그를 신뢰하지 못할 사람으로 만드는 가장 확실한 길은 그를 불신하며 그대의 불신을 보여주는 것이다. 인간은 의식적으로 자기가 원하는 것을 믿는다.

조지 허버트는 '신용을 잃은 자는 이 세상에서 죽은 것'이라고 했으며, 프랑스의 철학자이며 잠언가인 요셉 주베르는 '신용은 재산'이라고 정의했다.

또 세네카는 '모든 사람을 신용하는 것과 아무도 신용하지 않는 것은 똑같이 잘못'이라고 말했다.

자기 자신을 신용하지 않는 사람은 누구도 진정으로 신용할 수 없다.

인간은 그가 사랑하는 만큼 선할 뿐이다.

157

분노는 타인에게 있어서도 해로운 것이지만 분노에 휩싸인 당사자에게는 더욱 해롭다. 그래서 스피노자는 '한 번 분노할 때마다 한 살씩 늙어가고 한 번 기뻐할 때마다 한 살씩 젊어진다. 이것은 신이 인간에게 내린 최고의 선물이자 또한 최악의 형벌'이라고 평했다. 한때의 분함을 참으면 백 날의 근심을 면한다고 했다.

장자는 '분노할 줄 모르는 사람은 바보다. 그러나 분노하지 않는 사람은 현인(賢人)'이라고 표현했고, 토머스 풀러는 '분노는 영혼의 원동력 가운데 하나다. 그러므로 분노가 없는 사람의 마음은 불구'라고 역설했다.

분노보다 더한 독은 없다. 분노를 제압하지 못하면 분노가 자신을 제압하게 된다. 분노는 어리석음으로 시작하여 후회로 끝나기 쉽다.

158

자기의 덕을 꾸준히 지켜 나가지 않으면 모욕을 당하는 수가 있다. 모욕을 하는 자가 친한 사람일수록 그 수모가 더욱 크다. 욕에다 빈정거림까지 겹치는 것만큼 모욕적인 일은 없다. 설령 복수를 하였다고 해도 모욕당한 사실은 지워지지 않는다.

명예를 존중하는 사람에게만 모욕이 통한다. 스스로를 모욕받도록 허용하는 자는 모욕받아 마땅하다.

순자는 '의를 앞세우고 이익을 뒤로 미루는 사람은 영예롭고 이익을 앞세우고 의를 뒤로 미루는 사람은 치욕을 받는다'고 했다.

치욕은 가장 날카로운 칼보다도 더 깊이 나의 마음을 갈라낸다.

사람에 따라서는 정다운 듯한 친구보다 얄미운 적에게 더 많은 신세를 지기 일쑤다. 적은 곧잘 진실을 말해 주지만 친구는 절대로 바른 소리를 하지 않기 때문이다.

적을 만들지 않는 방법은 청빈하게 살며 잘난 체하지 않는 것이다.

괴테는 '싸우기도 전에 적을 얕보는 것은 어리석고, 이긴 뒤에 쫓아가 치는 것은 비열하다'고 했고, 프랑스 격언에는 '정성 어린 봉사는 벗을 만들고, 진실을 말하면 적을 만든다'는 말이 있다.

적에게 피해를 주면 대개는 자기도 피해를 입는다. 적을 격파하는 최선의 수단은 적을 자기 편으로 만드는 일이다. 한 사람의 적을 용서하면 몇 사람의 친구를 얻게 된다.

돈 피아트는 '사람의 위대함의 척도는 그의 적이다. 적이 없는 사람에게는 추종자도 없다'고 했다. 적을 안 가진 사람은 값어치 없는 사람이다.

160

어떤 인간을 판단함에는 그 사람의 말에 의하기보다는 행동에 의하는 편이 낫다. 그것은 행동은 좋지 않으나 말은 놀라울 정도로 잘 하는 인간이 많기 때문이다. 영국의 시인 필립 베일리(1816~1902)는 '행위가 종종 사고보다 낫다'고 말했다. 행동으로 옮겨지지 않는 생각은 대수로운 것이 아니며, 생각에서 비롯되지 않은 행동 또한 별것 아니다.

인간의 행동은 생각이 드러나는 최상의 통역자다. 그리스 격언에 '행동은 재빠르게 생각은 천천히'라는 말이 있다. 효율적으로 행동하는 것은 천성이 아니라 노력으로 몸에 배어야 할 습관인 것이다.

사람은 그의 행위에 의하여 천한 자가 되기도 하고 성스러운 자가 되기도 한다.

161

'직업은 생활의 방편이 아닌 생활의 목적이다.' 프랑스의 조각가 로댕(1840~1917)이 한 말이다.

'일생에 가장 중요한 것은 직업의 선택이다. 그런데 그것을 좌우하는 것은 우연이다' 라고 파스칼은 말했다. 성공을 원하거든 자기 직업을 정확히 정하고 그것을 어디까지나 추구해야 한다.

인간이 자기 직업에서 행복을 얻으려면 다음의 세 가지가 필요하다. 즉, 그는 그 일을 좋아해야 한다. 그 일을 지나치게 해서는 안 된다. 그 일이 성공하리라는 신념을 가지고 있어야 한다. 현대인은 자기의 직업에 대하여 애착심을 갖지 않는 것 같다. 많은 이들이 직업을 힘들어하거나 고역으로 여기는 것 같다. 그러나 직업은 생활의 방편이 아니라 생활의 목적이다. 일한다는 것이 인생의 가치이며 환희며 행복인 것이다. 사람은 누구나 자기의 천직(天職)에 보조를 맞추어야 한다. '아들에게 업(業)을 가르치지 않는 것은 도적을 만드는 것과 다름이 없다' 는 영국 격언도 있다. 직업은 그 사람의 성품을 채색한다.

162

톨스토이는 '권력을 얻고 권력을 유지하기 위해서는 권력을 사랑해야만 한다. 권력욕은 성실과는 상관이 없고 거만, 잔인 등 성실과는 반대되는 사실과 맺어진다. 자기를 높이고 남을 낮추는 일과 위선과 사기, 감옥, 요새, 사형, 살인 없이는 어떠한 권력도 생길 수 없고 유지될 수 없다'고 했다. 또한 '권력은 평등을 용납하지 않으며 아첨을 위해 우정을 버린다'고 했다.

프랑스의 정치가 알렉시스 토크빌(1805~1859)은 '무한 권력은 그 자체가 죄악이다' 라고 했다.

무제한의 권력은 지배자를 타락시킨다. 또 절대 권력은 절대적으로 부패하는 법이다. 머리가 클수록 두통도 심하게 마련이다.

로마의 정치가 마르쿠스 P. 카토(BC 234~149)는 '네가 원하는 것을 사지 말라. 필요한 것을 사라' 는 말을 남겼다. 가랑비에 옷 젖는 줄 모르며 강물도 쓰면 준다고 했다. 버는 것보다 소비를 어떻게 적절하게 하는가를 아는 것이 중요하다.

에리히 프롬(1900~1980)은 '소비자란 기업인이 관심을 갖고 그의 목적을 만족시켜 주는 고형적인 인간이 아니라, 교묘하게 다루어야 할 대상' 이라고 정의했다.

쉽게 얻은 것은 쉽게 쓰여진다.

베이컨은 '부는 소비하기 위해서 있다. 소비하는 목적은 명예와 선행' 이라고 표명했다.

잘 벌고 잘 쓰는 사람에겐 회계 장부가 필요없다. 훌륭한 소비자에게는 신이 회계 주임과 같은 존재다.

혁신이란 위험을 무릅쓰고 위험을 자초해 가면서 자신의 생각을 현실로 옮기고 새로운 질서를 수립하고자 하는 인간의 시도다.

개혁의 정신이 반드시 자유의 정신은 아니다. 그것은 할 생각이 없는 민중에게 강제적 개혁을 뜻할 수도 있기 때문이다. 그래서 에이레의 시인 오스카 와일드는 '민중이 좋아하지 않는 하나의 일은 혁신이다' 라고 했다.

세계를 바꾼 사람들은 그것이 결코 관리들을 바꾸어서가 아니라 항상 국민을 고취하여 이룩하였다. 현실의 고통이 아니라 보다 나은 것에 대한 희망이 민중을 움직이도록 자극하는 것이다.

우리나라 육지의 맨 끝인
전남 해남군 송지면에
세워진 땅끝 봉화대.

천하에 정도(正道)가 행해지면
덕이 작은 사람이 덕이 큰 사람한테 부림을 받는다.

165

 ‘명예는 밖에 나타난 양심이며, 양심은 안에 잠기는 명예다.’ 독일의 철학자 쇼펜하워의 말이다.

 대부분의 사람들은 양심의 만족보다는 명예를 얻기에 바쁘다. 그러나 명예를 얻는 가장 빠른 길은 명예를 위한 노력보다는 바로 양심을 위한 노력에서 찾을 수 있다. 자신의 양심에 만족한다면 그것이 가장 큰 명예가 되는 것이다.

 부귀와 명예는 그것을 어떻게 얻느냐가 문제다. 도덕과 양심에 근거를 두고 얻은 부귀와 명예라면 산에 핀 들꽃처럼 충분한 햇볕과 바람을 받고 필 수가 있다. 명예란 바로 양심인 것이다. 로마의 정치가 키케로는 ‘명예가 덕을 따름은 마치 그림자가 물체를 따름과 같다’고 했다. 부정한 일을 하면서 명예를 얻을 수는 없는 법이다.

 양심을 얻으려면 자기 자신을 훈련해야 한다. 즉 양심은 자라는 것이 아니라 키우는 것이다. 양심이야말로 우리가 갖고 있는 것 중에서 유일하게 매수가 안 되는 것이다.

《맹자》〈이루편〉에 '천하에 정도(正道)가 행하여지면 덕이 작은 사람이 덕이 큰 사람한테 부림을 받고, 현량한 도가 낮은 사람이 현량한 도가 높은 사람한테 부림을 받는다. 천하에 정도가 행하여지지 않으면 작은 나라가 큰 나라한테 부림을 받고, 약한 나라가 강한 나라한테 부림을 받는다. 이 두 가지는 하늘의 뜻이다. 하늘의 뜻에 따르는 자는 생존하고, 하늘의 뜻을 거스르는 자는 멸망한다'는 말이 있다.

정도가 행해질 때는 덕과 능력이 존중되고, 정도가 행해지지 않을 때에는 힘이 행세한다는 뜻이다.

스스로 강해지지 못한다면 하늘이 명하는 바에 따라야 한다. 덕을 닦고 인(仁)을 행하면 천명(天命)은 나에게 있는 것이다. 즉 천하의 대권은 덕을 갖추고 인을 행하는 자에게로 돌아간다. 그러나 대권을 잡았다고 해서 안심하고 오만방자하게 굴면 그것을 자기 것으로 지키지 못한다. 천하의 대권은 덕을 쌓는 실력자라면 누구나 잡을 수 있다는 이야기다.

좋은 책을 읽는 것은 과거의 가장 뛰어난 사람들과 대화를 나누는 것과 같다. 책을 읽는 것은 책이 말을 걸어오고 우리의 영혼이 그것에 대답하는 끊임없는 대화다. 그래서 같은 책을 읽었다는 것은 사람들 사이를 이어주는 끈이 되기도 한다.

독일의 철학자 쇼펜하워는 '독서란 자기의 머리가 남의 머리로 생각하는 일이다' 라고 말했다. 독서는 다만 지식의 재료를 줄 뿐, 그 자신의 것을 만드는 것은 사색의 힘이다. 아무리 유익한 책이라도 그 반은 독자 자신이 만드는 것이다. 독서가 정신에 미치는 영향은 운동이 육체에 미치는 영향과 다름이 없다.

독서는 충실한 인간을 만든다. 책은 꿈꾸는 걸 가르쳐 주는 진짜 선생이다. 책을 읽는 것과 같은 영속적인 쾌락은 없다.

영국의 철학자 베이컨은 '독서는 완성된 사람을 만들고, 담론(談論)은 재치 있는 사람을 만들고, 작문(作文)은 정확한 사람을 만든다' 고 했다.

하루에 있어 아침은 참으로 중요한 시간이다. 아침은 하루의 새로운 출발이기 때문이다. 아침을 맞는 시간은 어제를 과감히 떨쳐 버리는 시간이기도 하다.

독일의 철학자 쇼펜하워는 '늦게 일어남으로써 아침을 줄이지 말라'고 충고했다. 아침을 생명의 본질로서, 신성한 것으로 여기라는 말이다.

밤이 육체라면 아침은 정신이다. 살아서 숨쉬지 않는 정신은 정신이 아니다. 따라서 정신은 항상 꼿꼿하게 서서 바라볼 줄 알아야 한다. 중국 《경행록(景行錄)》에는 '아침에 일찍 일어나고 저녁에 늦게 자는 것을 보아 그 사람의 집이 흥할 것인지 망할 것인지를 알 수 있다'고 적고 있다.

아침을 자기의 시간으로 만들어야 한다. 일찍 일어난 새가 모이를 많이 먹는 법이기 때문이다.

169

·

현재 또는 미래 생활의 그 어느 것에서나 자기 자신 이외에서 행복을 얻으려는 사람은 그릇된 사람이다. 참다운 행복은 자신의 마음가짐에 달려 있다.

불행을 겁낼 때 이미 그것은 불행한 것이다. 불행을 당해야 할 사람은 영원히 불행을 겁내고 있는 사람뿐이다.

잘 되겠다고 노력하는 것 이상으로 잘사는 방법은 없으며 실제로 잘 되어 간다고 느끼는 것 이상으로 큰 만족은 없다.

《채근담》에 보면 '행복은 마음대로 구할 수가 없다. 스스로 즐거운 마음을 길러서 행복을 부르는 바탕으로 삼아야 한다' 라고 꼬집었다.

행복은 추구하기만 해서는 결코 찾아오지 않는다. 자기 자신의 마음에 그 행복의 씨앗을 파종해야 한다. 행복은 오로지 어떻게 가꾸느냐에 달려 있다.

자기 자신을 믿는 자는 남을 의심하지 않는다. 자신을 믿는 사람은 자신에 대한 확신이 있다는 말이다. 그러한 사람만이 타인 또한 신뢰할 수 있다. 왜냐하면 그러한 사람이어야만 미래의 자신을 현재의 자신과 마찬가지로 믿을 수 있으며, 또한 자신이 현재 바라고 있는 대로 느끼고 행동할 것이기 때문이다.

로마의 시인 호라티우스(BC 65~8)는 '자기 자신을 신뢰하는 자는 군중을 지도하고 지배한다'라고 했다.

서로의 신뢰와 부조로써 위대한 행위가 행해지고, 위대한 발견 또한 이루어진다.

자신에 관한 신뢰가 타인을 신뢰하는 중요한 부분이 된다. 신뢰받는 것이 사랑받는 것보다 더 큰 찬사다.

171

·

'이 세상에서 가장 무서운 것은 생에 대한 권태'라고 이탈리아의 정치철학자 마키아벨리(1469~1527)는 말했다.

인간의 행태 중에서 권태만큼 고통스러운 것도 없다. 그래서 사람들은 권태를 피하기 위해 온갖 노력을 기울이고 있다.

카뮈는 '권태는 기계적인 생활의 모든 행위의 결과에 있다. 그러나 동시에 그것은 의식의 운동에 시동을 주는 것'이라고 했다. 일의 능률을 감퇴시키는 유일한 원인은 권태다.

쇼펜하워는 '인간 행복의 두 개의 적은 고통과 권태'라고 말했다. 그렇듯 인생에 있어서 권태처럼 맥빠지는 일도 없다.

머천트는 '권태로운 사람들이란 소비가 많고 생산이 없는 자들'이라고 정의했다. 권태는 병이고 열심히 일하는 것이 그 약이다.

172

·

디오게네스(BC 410~325)는 '자기가 원하는 것을 남이 가지고 있는 것을 보고 느끼는 마음의 아픔을 선망이라고 하며, 자기가 가지고 있는 것을 남도 역시 가지고 있는 것을 보고 느끼는 아픔을 질투' 라고 정의했다. 인간의 마음에 시기 질투처럼 강하게 뿌리를 박은 격정은 없다.

러셀은 '질투심이란 일종의 자기 열등감의 표현이다. 자신만만한 사람은 남의 일을 질투하지 않는다. 질투에 대한 가장 좋은 요법은 자기 능력을 더욱 연마하고 자신을 키우는 점에 있다' 고 지적했다.

질투는 소유라는 데에서 오는 나쁜 버릇이다.

'질투심이 많은 사람은 적어도 행복된 조건에서 이탈한 사람이다. 질투라는 것은 자기가 가진 것에 대해서 즐거움을 찾지 않고, 남의 소유물에 대해서 괴로워하는 기분이다. 행복은 자기가 지배할 수 있는 소유권 내의 물건을 사랑할 수 있는 사람의 것' 이라고 영국의 시인 굴드(1941~)는 표현했다. 질투가 없는 사랑은 참다운 사랑이 아니다.

173
·

친구란 무엇인가. 그것은 그 사람과 자기 자신이 같다고 생각할 수 있는 사람이다.

친구로는 재주 있는 사람보다는 정직한 사람을, 마음씨 착한 사람을, 아주 친절한 사람을, 관대하고 바로 찬성해 주는 사람을 마음으로부터 고르라고 많은 이들이 이야기한다.

'벗을 위하여 제 목숨을 바치는 것보다 더 큰 사랑은 없다'라고 성서에 적혀 있다. 오래 된 친구를 새 친구로 바꾸는 것은, 열매를 팔아 꽃을 사는 것과 같은 것이다. 또 셰익스피어는 '불성실한 벗을 가질 바에야 차라리 적을 가지는 편이 낫다'고 말했다.

'친구라는 명칭은 흔하지만 성실한 우정은 드물다'고 1세기경 로마의 우화 작가 파에드루스(BC 15경~AD 50경)는 말했다.

충실한 벗은 인생의 의약이다.

174
·

경험은 최상의 스승이다. 경험을 가진 사람을 신뢰해야 한다. 옷은 새것보다 좋은 것이 없고, 사람은 경험이 많은 사람이 좋다.

좋은 경험은 잘 갈아놓은 토지와 같다. 이 경험이라는 토지는 필요에 응하여 부쩍부쩍 무한의 힘을 낳고, 그로 인하여 소유자에게 많은 수확을 얻게 한다.

경험은 현인(賢人)의 유일한 능력이며, 사려 깊은 경험은 자연이 씌워 주는 왕관이다. 상식과 결합된 경험은 인간에게는 신의(神意)와도 같다. 인간들은 그들의 경험에 비례해서 현명해지는 것이 아니다. 경험을 받아들일 수 있는 능력에 비례해서 현명해진다.

경험에서 얻은 교육이 가장 좋은 교육이다. 경험은 위대한 정신적 의사다. '경험은 어리석은 자들의 교사'라고 로마의 역사가 T. 리비우스(BC 59~AD 17)도 지적했다. 경험은 헤아릴 수 없는 값을 치른 보물이다.

175

·

《명심보감》〈성심편〉에 '큰 부자는 하늘에 달려 있고 작은 부자는 부지런함에 달려 있다' 는 말이 있다.

근면은 사업의 정수며 번영의 열쇠다.

영국의 초상화가 조슈어 레이놀즈(1723~1792)는 '만일 그대가 뛰어난 재능을 갖고 있다면 근면은 이들 재능을 더욱 발전시킬 것이며, 평범한 재능밖에 가지고 있지 않을 경우에도 근면은 그 결점을 보완해 줄 것'이라고 강조했다.

또 독일의 소설가 테오도어 폰타네(1819~1898)도 '진지함은 남자를 만들고 근면은 천재를 만든다' 고 했다.

바삐 돌아다니는 개가 뼈다귀를 발견하는 것이다.

조선의 정치가 정도전은 '세상의 일이 부지런하면 다스려지고, 부지런하지 못하면 버려지는 것은 필연의 이치' 라고 설파했다.

176

'천리마는 항상 있어도 백락은 항상 있지 않다.' 중국 당송 팔대가의 한 사람으로 문장에 뛰어났던 한유(韓愈:768∼824)의 말이다.

하루에 천리를 달린다는 명마는 어느 시대나 있지만 그 명마를 알아보는 백락(伯樂), 즉 말의 좋고 나쁨을 잘 감정하고 매매하는 사람은 드물다는 뜻이다. 세상에 인재는 있으나 그 인재를 알아보고 발탁해 재능을 충분히 발휘토록 할 줄 아는 상관은 보기 힘들다는 것이다.

인재는 국가의 주춧돌이다. 그러므로 나라를 다스리는 데는 인재를 얻는 것으로 근본을 삼으며 교화(敎化)를 일으키는 데는 인재를 기르는 일을 먼저 한다.

나무는 벌목하여도 곧 다시 새것이 자라지만 사람은 한번 잃으면 대치할 자를 육성하기가 쉬운 일이 아니다. 지혜 있는 사람은 형체가 나타나기에 앞서 이를 내다본다.

큰 바위가 바람에 움직이지 않듯이, 지혜 있는 이의 무거운 뜻은 헐뜯거나 칭찬해도 흔들리지 않는다.

177

아끼는 것이 심하면 낭비함이 많고 많은 칭찬을 받으면 헐뜯음을 당한다는 말이 있다.

중국 격언에 '촛불을 절약하기 위해 일찍 자고, 그것 때문에 쌍둥이를 낳으면 절약이 되지 않는다' 는 재미있는 말이 있다.

낭비가는 수전노보다 골치가 아프다. 왜냐하면 자기 재산뿐만 아니라 남의 몫까지 탕진하니 말이다.

보브나르그는 '가난한 자가 물건을 아끼지 않는 것은 낭비' 라고 정의했다. 낭비를 없애는 것은 새어 들어오는 물을 배에서 퍼내는 작업과 같아 한시도 그 일에서 손을 뗄 수가 없는 것이다.

낭비벽은 바닥 없는 심연이다. 자기가 버는 것을 전부 쓰는 사람은 거지로 되어 가는 도중에 있다. 풍요의 낭비는 부족의 원천이다.

사회가 재건되기를 요구할 때는 낡은 계획 위에 재건하려는 기도는 소용이 없다. 개혁에의 정열이 평화와 사랑의 정착에 유익해야 한다.

영국의 소설가 에드워드 벌워 리턴(1803~1873)은 '개혁은 악폐의 시정이요, 혁명은 권력의 이동이다' 라고 말했다. 또 주베르는 '혁명이란 가난한 사람이 자기의 성실성에 대해서, 부자가 자기의 부에 대해서, 무고한 사람이 자기의 생명에 대해서 확신을 가질 수 없는 시기를 말한다'고 표현했다.

참된 개혁이 도전을 받지 않고 진행된 일은 없다. 사회개혁의 과업을 포기하는 것은 자유인으로서의 자기의 책임을 포기하는 것이다. 개혁을 성공시키는 것은 희망이지 절망이 아니다. 변화는 고통이다. 그러나 그것은 항상 필요한 것이다.

영암 월출산 바위 위에 서 있는 소나무.

내가 남을 다스려도 다스려지지 아니하면
내게 지혜가 모자라지 않는가를 반성해야 한다.
몸을 항상 올바르게 가지면
천하가 자연히 그에게로 돌아간다

179

《맹자》〈이루편〉에 '내가 남을 아껴 주었는데도 가까워지지 않거든 내가 너그럽지 않은가를 반성해 보고, 내가 남을 다스려도 다스려지지 아니하거든 내게 지혜가 모자라지 아니한가를 반성해야 한다. 내가 남을 예의를 갖춰 대했는데도 남이 나를 예로써 대하지 아니하거든 나 자신의 예가 모자라지 아니한가부터 반성해야 한다. 행하고도 얻는 게 없다면 모두 자신에게 그 원인을 돌리는 게 도리에 맞는 일이다. 항상 그 몸을 올바르게 가지면 천하가 자연히 그에게로 돌아간다'는 말이 있다.

　일이 뜻대로 되지 않을 경우 남을 원망하지 않고, 자기 자신을 반성하여 스스로를 바로잡아 나갈 필요가 있음을 말한 것이다.

　행실을 고치고 몸을 바로 가지면 복이 오게 된다.

인생의 목적은 사는 것이다. 그리고 산다는 것은 깨닫는 것을 뜻하는데, 기쁘게 고요히 성스럽게 깨닫는 것이다.

미국 태생의 영국 문학가 스미드(1723~1790)는 '인생에는 목적하는 것이 두 가지 있다. 첫째는 자기가 바라는 바를 얻는 것이고 다음은 그것을 즐기는 것인데, 인류 중에 가장 현명한 자만이 두 번째 것을 성취한다'고 말했다.

우리가 인생을 추구하는 것은 무의미한 일이 아니다. 인생의 추구는 인생이 새로워질 때까지 무엇인가로 희망을 갖게 해 준다.

괴테는 '눈물 젖은 빵을 먹어 보지 않은 사람은 인생의 참맛을 모른다'고 표현했다.

인생의 성공 비결은 자기가 좋아하는 일을 하는 것이 아니라 해야만 하는 일을 좋아하도록 노력하는 것이다.

미국의 사상가 랄프 에머슨은 '너 자신을 누구에겐가 필요한 존재로 만들라. 누구에게든 인생을 고되게 만들지 말라'고 충고했다. 인생은 황홀한 기쁨이다.

미래에 대해 생각하려고 과거에 등을 돌리는 것은 잘못이다. 미래를 알고 싶다면 먼저 지난 일을 살펴보아야 한다. 그래서 영국의 극작가 A. W. 피네로(1855~1934)는 '미래는 다른 문에서 들어오는 과거에 지나지 않는다' 라고 풍자했다.

과거는 미래의 거울이다. 프랑스의 화가 G. 브라크(1882~1963)도 '미래란 현재에 의해서 조건 붙여진 추억의 투영일 따름이다' 라고 말했다.

따라서 미래에 대해 괴로워하거나 두려워할 필요가 없다. 문제는 오늘에 있는 것이다.

과거와 미래 그 어느 것도 오늘에 뿌리를 두지 않은 것이 없다. 오늘의 삶을 새김질하며 살아간다면 후회스러운 과거는 물론, 반갑지 않은 미래 역시 만나지 않게 될 것이다. 슬기로운 자는 미래를 현재인 양 대비한다.

진실은 그 속에서 미(美)가 종종 싹틀 수 있는 강력한 퇴비다.

진실은 사람들이 그것을 자유롭게 추구할 때 발견된다. 진실만큼 아름다운 것이 없고 진실만이 사람에게 사랑을 받는다.

'먼저 내가 할 일은 내가 나 자신에게 진실해야 한다. 어찌 스스로 진실하지 못하면서 남이 나에게만 진실하기를 바라겠는가. 만약 그대가 자신에게 진실하다면, 밤이 낮을 따르듯 어떠한 사람도 그대에게 거짓말을 하지 않게 되리라' 고 셰익스피어는 말했다.

진실은 기름이 물에 뜨듯이 거짓말 위에 떠오른다.

진실의 가장 큰 벗은 세월이고, 가장 큰 적은 편견이며, 변함없는 친구는 겸손' 이라고 영국의 작가 콜튼 (1780~1832)은 말했다.

진실성은 말 속에 있지 않고 진실을 전달하려는 의도에 있다. 진실이 가치 있다면 그것은 진실이기 때문이지 진실을 말하는 것이 용감하기 때문은 아니다.

미국의 저널리스트 에디(1821~1910)는 '진실은 불멸이
요 거짓은 필멸'이라고 했다.

진실은 사람이 가지고 있는 최고의 것이며 진실에의 길
은 엄격하고 또한 험하다.

183

'행복할 때 불행을 생각하라'고 스페인의 작가 발타자르 그라시안은 말했다.

일생을 살아가면서 자기 신상에 일어난 일을 어떻게 받아들이느냐 하는 것은 일어난 일 못지 않게 우리의 행·불행과 중요한 관련이 있다. 황금은 불에 의해 제련되고 사람은 불행의 도가니에서 시련을 받는다.

인생은 학교다. 거기서는 행복보다도 불행 쪽이 보다 좋은 교사다. 인간은 자기가 행복하다는 것을 알지 못하기 때문에 불행한 것이다. 불행을 불행으로써 끝맺는 사람은 지혜 없는 사람이다. 불행 앞에 우는 사람이 되지 말고 불행을 하나의 출발점으로 이용하는 사람이 되라.

독일 속담에 '행복은 지배하지 않으면 안되고 불행은 극복하지 않으면 안된다'는 말이 있고, '행복은 애타심에서 태어나고 불행은 자기 본위에서 태어난다'고 석가는 말했다. 남을 행복하게 할 수 있는 자만이 행복을 얻는다.

184
·

《서경》에 '하늘이 내리는 재앙은 혹 피할 수 있으나 사람이 스스로 지은 재앙은 피하지 못한다' 라는 말이 있다.

어떤 사건이 터지기 전에는 그 징조가 먼저 나타난다. 환란이 있을 것을 미리 짐작하고 이를 예방하는 것은, 재앙을 만난 뒤에 은혜를 베푸는 것보다 훨씬 나은 것이다.

《채근담》에 '재앙은 은혜로운 인정 속에서 나타나니 유쾌한 마음으로 지내는 때에 일찍 반성해야 한다. 실패한 뒤에도 간혹 성공을 하게 되니 뜻대로 되지 않을 때 즉시 손떼지 않도록 해야 한다' 고 했다.

재앙과 복은 다 자기 자신이 불러들이지 않는 것이 없는 법이다.

맹자도 '하늘이 내리는 재난은 피해야 하고 스스로 초래한 재난은 피하지 말라' 고 했다. 재난은 인간의 참된 시금석이다.

이 세상에서 방관자보다 더 보기 싫고 얄밉고 비열한 자는 없다.

다른 사람에게 관심이 없는 사람은 당연히 어떤 사람도 돌보지 않는다.

영국의 극작가 버나드 쇼(1856~1950)는 '우리 인류에 대한 최대의 죄는 그들을 미워하는 것이 아니라 무관심한 것이다. 그것은 비인간성의 정수' 라고 말했다.

알프레드 아들러(1870~1937)는 '타인의 일에 관심을 갖지 않는 사람은 고난의 생애를 살아 나갈 수밖에 없고 타인에게 무거운 짐이 될 뿐이다. 인간의 온갖 실패는 그러한 인간들 사이에서 일어나기 쉽다' 고 표현했다.

우리가 타인의 언행에 신경을 쓰지 않는다면 우리의 마음은 퍽이나 평화로울 것이다.

인간관계의 비극은 무관심이다.

186

　사람이 우정을 바랄 때는 자신이 무력하거나 어려운 처지에 있을 때다. 따라서 우정은 서로에 대한 마음쓰기라든지 애정을 위함에 있는 것이 아니라 몸을 지키고 원조를 받을 목적으로 추구하는 것이라 할 수 있다. 견실한 성격이나 굳센 힘을 갖지 못한다면 그만큼 더욱 우정을 얻으려고 애쓴다. 힘없는 부녀자는 남성보다도 더, 또한 가난한 사람은 부자보다도 더 우애로부터의 비호를 받으려고 한다. 그러므로 우정은 살아가는 데 필요한 지혜일 수 있다.

　미국의 정치가 A. E. 스티븐슨(1900~1965)은 '우정은 사람을 가장 풍부하게 만들어 준다'고 했다.

　우정은 언제나 우리의 모자람을 채워 주는 것이다.

　우정은 신(神)의 선물이요, 인간에게 있어 가장 귀한 은사물이다.

세상을 올바르게 살아가려면 커다란 용기가 필요하다.

로마의 철학자 세네카는 '용기는 사람을 번영으로 이끌고, 공포는 사람을 죽음으로 이끈다' 고 했다.

독일의 작가 괴테는 '돈을 잃는 것은 가벼운 손실이고 명예를 잃는 것은 중대한 손실이며 용기를 잃는 것은 보상받을 수 없는 손실' 이라고 표현했다.

쇠는 불에 의해서 시험되고, 용기 있는 자는 역경에 의해서 시험된다.

중국의 순자는 '죽음을 가벼이 하고 날뛰는 것은 소인의 용기고, 죽음을 소중히 여기고 의로써 마음을 늦추지 않는 것은 군자의 용기' 라고 정의했다.

참된 용기는 전쟁터에서 알아볼 수 있다. 강하면 달아나고 약하면 능멸하는 것은 용기가 아니다. 용기는 극복함으로써 증대하고 공포는 주저함으로써 깊어진다.

최상급의 용기는 분별력이다. 용기는 위인을 만든다.

188

사람은 성실할수록 자신을 얻게 된다. 성실해질수록 태도가 안정된다. 성실하면 성실할수록 정신을 자각하게 된다. 하늘 땅 앞에 자기가 엄연히 존재해 있다는 관념은 성실할 때 비로소 얻어지는 자각이다. 정신을 흐리게 하는 것은 무엇이나 죄이다.

영국의 문학가 R. 가네트(1835~1906)는 '최대의 정신적 범죄는 자신에 대한 불성실'이라고 했다. 지혜를 짜내려고 애쓰기보다는 먼저 성실하라. 사람이 지혜가 부족해서 일에 실패하는 일은 적다. 사람에게 늘 부족한 것은 성실이다. 성실하면 지혜도 생기지만 성실치 못하면 있는 지혜도 흐려지는 법이다.

성실함이란 인간이 갖는 가장 고상한 것이다. 사람의 성실성은 그가 자신의 주의 주장을 위해 헌신할 때에만 증명이 된다. 성실은 어디에서나 통용하는 유일한 화폐다. 중용에는 '성실함은 하늘의 도요, 성실하려고 노력함은 사람의 도'라고 정의했다. 성실성의 상실은 생명력의 상실이다. 성실한 사람은 언제나 편안하고 이롭다.

189

'평생 동안 선(善)을 행하더라도 선은 오히려 부족하지만 단 하루만 악(惡)을 행하더라도 악은 스스로 남음이 있다'고 중국 후한(後漢)의 정치가였던 마원(馬援:BC 14~AD 49)이 말했다. 악을 행하면 남는 것은 죄뿐이다. 죄란 도덕상으로 그릇된 짓을 지칭하는 말이다. 또 죄가 될 만한 나쁜 짓을 일컬어 죄악이라고 한다. 세상에 악을 위해 악을 행하는 자는 없다. 모두가 악에 의하여 이익·쾌락·영예를 얻으려는 생각으로 악을 행한다.

마음속에 악이 싹트면 도리어 그 몸을 망친다. 마치 무쇠에 생긴 녹이 그 무쇠를 먹어 들어가듯이 작은 악이 쌓여서 큰 악이 된다. 죄는 지은 대로 가고 덕(德)은 닦은 대로 간다.

'악인의 열매가 익기 전에는 악한 사람도 복을 만난다. 그러나 그 악의 열매가 익을 때에는 악한 사람은 반드시 죄를 받는다'고 《법구경》에 쓰여 있다.

'할 수 있을 때 죄악을 막지 아니하는 자는 죄악을 북돋는 자'라고 세네카는 말했다.

190

절약하고 저축하며 가급적이면 돈을 쓰지 않으려는 사람을 세상에서는 수전노(守錢奴)라든가 구두쇠, 노랭이 따위의 말로 몰아세우기를 좋아한다. 그러나 로마의 철학자 세네카는 '절약은 불필요한 비용을 피하는 과학이자 신중하게 우리의 재산을 관리하는 기술이다' 라고 절약의 의미를 정의했다.

《채근담》에도 '검약(儉約)은 아름다운 미덕이로되 지나치면 모질고 더러운 인색이 되어 도리어 정도(正道)를 상한다' 고 했다.

'근면은 행운의 오른손이요, 절약은 그의 왼손' 이라는 영국 격언처럼 절약만큼 확실한 이익의 샘은 없다.

단순한 인색이 절약은 아니다. 절약에는 분배의 미덕과 선택의 지혜가 필요한 것이다.

성공적인 혁명은 새로운 사회를 이룩한다. 실패한 혁명은 지속하는 사회를 빗나가게 만들며 타협한 혁명은 이전에 있었던 사회를 약화시키는 경향을 띤다. 최남선 (1890~1957)은 '혁명 없는 사회는 피 없는 인간과 같고 꽃 없는 동산과 같다'고 했고, 중국의 작가 노신은 '실은 혁명이란 아무도 죽이지 않고 살리는 일'이라고 표현했으며, 알렉산더 솔제니친(1918~)은 '혁명이 인간성을 쇄신할 수 있다고 믿는 것은 헛된 생각'이라고 지적했다.

어떤 종류의 혁명이든 그것이 국가발전에 이바지할 때만이 정당화되는 법이다.

혁명의식이란 대다수 사람들에게는 불의에 대한 저항을 의미한다.

혁명 그 자체는 작은 일에서 발생되기 쉽다.

끝마치며

《大同之世》

'大道之行也 天下 爲公 選賢與能 講信修睦 故 人 不獨親其
親 不獨子其子 使老 有所終 壯有所用 幼有所長 矜寡孤獨廢疾
者 皆有所養 男有分 女有歸 貨惡其棄於地也 不必藏於己 力惡
其不出於身也 不必爲己 是故 謀閉而不興 盜竊亂賊而不作 故
外戶而不閉 是謂大同.'

율곡 이이(李珥:1536~1584)가 이상적인 정치를 통하여
도달하려고 하던 이상사회(理想社會)의 모습은 그의《성
학집요(聖學輯要)》〈위정공효(爲政功效)〉장에 자세히 언
급되어 있다. 이는 기본적으로《예기》〈예운편〉에 기록되
어 있는 공자의 대동사회이며, 그 내용은 이렇다.

'대도(大道)가 행해질 때에는 천하를 공공(公共)의 것
으로 여기게 되어 어진 이와 능(能)한 이를 선발하여 신
의(信義)를 강구하고 화목함을 닦는다. 그러므로 사람들
은 비단 자기의 어버이만 어버이로 여기지 아니하고 자
기의 자식만을 자식으로 여기지 아니하며, 늙은이는 종

신(終身)할 곳이 있고 젊은이는 쓰일 곳이 있으며, 어린이는 자랄 곳이 있고, 홀아비와 과부, 고아와 자식이 없는 사람, 병든 자와 불구자도 모두 부양될 곳이 있다. 이때문에 간사한 꾀가 일어나지 아니하며, 도적이 일어나지 아니하며, 대문을 열어 놓고 닫지 않게 되니, 이것을 일러 대동(大同)이라고 한다.'

즉 천하를 사사롭게 여기지 않고 현능(賢能)한 사람에게 맡겨 교화(敎化)하게 함으로써 사람들이 감화되어 덕을 이루게 되며, 또 모든 사람이 바라는 바를 얻어 자신의 삶을 누릴 수 있게 되어 혼란이나 쟁탈이 없는 평화롭고 화목한 세상을 이루게 됨을 말한다.

그런데 이는 바로 '지나간 곳은 다 감화(感化)가 되고, 마음을 두는 곳은 다 신묘(神妙)하게 되어 상하가 천지의 변화와 함께 유행하게 되는 결과를 가져올 수 있는 성인에 의해 비로소 이루어질 수 있다'고 본다.

성인이란 사람 가운데에서 가장 빼어난 것을 얻어 가장 신령스러운 사람으로서 천성이 총명하여 억지로 힘쓰지

않아도 그 앎이 남보다 앞서고 그 깨달음이 남보다 앞서
서 만물 가운데에서 가장 뛰어난 자이다. 그러므로 천하
의 큰 임금이 될 수 있어서 천하의 병든 자들이 그 생을
얻을 수가 있고,. 외롭고 의지할 곳 없는 사람이 그 보양
(保養)을 받을 수 있으며, 만백성이 하나라도 안정을 누
리지 못하는 이가 없게 되는 것이다.
　부디 이렇게 좋은 사회에서 살고 싶다.